앙드로마크・페드르

일러두기

- 이 책은 Jean Baptiste Racine, 『*Andromaque, Phèdre and Athalie*』(tclt.org.uk, 2003)를 참고했습니다.

진형준 교수의 세계문학컬렉션

13

앙드로마크 · 페드르

Andromaque · Phèdre

장 라신 지음

살림

장 라신

프랑스 화가 장바티스트 상테르의 17세기 작품.

「포르루아얄데샹 수도원 Abbye de Port-Royal-des-Champs」

작자 미상의 18세기 작품. 어릴 적 부모님을 여의고 조부모님 밑에서 자라던 라신은, 할아버지가 돌아가시자 10세 때 고모가 수녀로 있는 포르루아얄데샹 수도원에 할머니와 함께 들어갔다. 그리고 그 수도원 부속학교에서 공부했는데, 특히 고전에 뛰어난 성적을 보였다. 이때 배운 그리스·로마신화는 훗날 창작 작업에 큰 밑거름이 되었다. 포르루아얄데샹 수도원 부속학교는 당시 많은 프랑스 지식인들이 교사로 일한 주목받는 학교였다. 유명한 철학자이자 수학자인 파스칼도 이곳에서 교사로 근무했다.

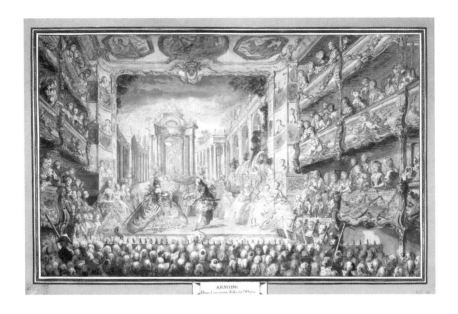

팔레루아얄 극장

프랑스 화가 가브리엘 드 생토뱅의 1761년 작품. 라신과 동시대 작곡가 륄리의 오페라 「아르미드」의 공연 장면을 묘사했다. 파리 대학교 진학 후 작가들과 사귀어 문학에 관심을 가지게 된 라신은 루이 14세를 위한 시를 써서 극찬을 받았으며, 이후 극작가들과 관계를 맺으면서 희곡으로 눈을 돌렸다. 1664년 첫 작품 『라 테바이드(*La Thébaïde*)』와 두 번째 작품 『알렉상드르 대왕(*Alexandre le Grand*)』(1665)을 몰리에르 극단을 통해 팔레루아얄 극장(Théâtre du Palais-Royal)에서 선보였다. 그러나 두 번째 작품이 관객에게 외면받자 그는 몰리에르 극단과 라이벌인 다른 극단으로 옮겨갔고, 그 바람에 몰리에르와 사이가 나빠졌다. 1641년 문을 연 파리 팔레루아얄 극장은 1763년 불타 1770년 다시 지어졌지만 1781년 다시 불타 결국 문을 닫았다.

「포로로 끌려와 억류된 안드로마케 Captive Andromache」

영국 화가 프레더릭 레이턴의 1886~1888년경 작품. 첫 두 작품 발표 후 라신은 논란의 중심에 서게 되었다. 포르루아얄데샹 수도원을 비롯한 이들로부터, 그의 작품이 관객의 정신을 타락시킨다는 비난에 휩싸인 것이었다. 그러자 라신은 수도원과 모든 관계를 끊고, 비판에 맞서 세 번째 작품 『앙드로마크(*Andromaque*)』를 발표했다. 『앙드로마크』는 1667년 11월 17일 루브르 궁전에서 루이 14세가 지켜보는 가운데 '르 그랑 코메디앵'이라 불린 왕실 극단에 의해 처음 공연되었다. 그리고 이틀 뒤 이 극단은 파리 부르고뉴 극장에서 대중을 상대로 첫 공연을 펼쳤다. 라신은 27세 나이에 발표한 이 작품의 성공으로 프랑스에서 가장 위대한 극작가 중 한 사람으로 명성을 굳혔다. '앙드로마크(Andromaque)'는 그리스어 '안드로마케(Andromache)'의 프랑스어식 표현이다.

「페드르와 테제 Phédre and Thésée」

러시아 화가이자 무대의상가 레온 박스트의 1923년 작품. '페드르(Phèdre)'와 '테제(Thésée)'는 각각 그리스어 '파이드라(Phaedra)'와 '테세우스(Theseus)'의 프랑스어식 표현이다. 1677년 라신은 비극『페드르』를 발표하고 부르고뉴 극장에서 첫선을 보였다. 그러나 이 공연은 성공을 거두지 못했다. 그의 명성을 시기한 코르네유의 친구들과 부용 공작부인이 거의 똑같은 주제의 다른 연극을 동시에 공연했던 것이다. 이 일 이후 라신은 약 10년간 세속적 주제를 다룬 작품 집필 활동을 중단하고 왕과 교회를 섬기는 일에 헌신했다. 그러나『페드르』는 비극적 구조, 깊이 있는 등장인물, 풍성한 언어 표현 등 모든 면에서 거장다운 솜씨가 발휘된 뛰어난 작품이었다. 훗날 18세기 철학자 볼테르는『페드르』를 "인간 정신의 걸작"이라고 극찬하기도 했다.

 앙드로마크·페드르 **차례**

앙드로마크

Andromaque

1

　　그리스와 트로이 간의 전쟁이 10년 만에 끝나고 트로이는 멸망했다. 아이네이아스만이 이탈리아로 도망친 후 라비니움에 도시국가 알바롱가를 건설하여 로마 제국의 건국 시조가 되었을 뿐, 트로이 왕 프리아모스를 비롯해 모든 트로이 장군들이 죽음을 맞이했다. 프리아모스 왕의 아들이자 트로이 최고의 명장 헥토르도 그리스 최강의 전사 아킬레우스와 결투 끝에 죽었다.

　　헥토르의 아내 앙드로마크(안드로마케)는 어린 아들 아스티아낙스와 함께 아킬레우스의 아들 피로스의 포로가 되었다. 그들은 아드리아 해에 면해 있는 피로스의 왕국 에페이로스로 끌려

온다. 그녀가 에페이로스로 끌려온 지도 어언 1년이 흘렀다.

앙드로마크는 살아남아 피로스의 포로로 끌려온 자신의 신세를 한탄했다.

'아, 나는 왜 죽지 못했던 것인가! 왜 살아서 속세의 고통을 겪어야 한단 말인가! 아, 나는 왜 아킬레우스의 혈통을 자랑하는 저 오만한 젊은이의 노예가 되었단 말인가!'

그녀의 마음속에는 죽은 헥토르밖에 없었으며, 헥토르가 남긴 하나뿐인 아들 아스티아낙스만이 그녀의 유일한 위안이었다.

피로스는 스파르타 왕 메넬라오스와 왕비 헬레네 사이에서 태어난 딸인 헤르미오네와 약혼한 사이였다. 트로이 전쟁은 바로 헬레네를 트로이 왕자 파리스가 데려갔기 때문에 벌어진 전쟁이었다. 메넬라오스는 트로이 전쟁에서 승리하자 아내 헬레네를 되찾을 수 있었다. 그리고 그 전쟁에서 아킬레우스의 아들 피로스는 트로이 왕 프리아모스를 죽이는 큰 공을 세웠다. 메넬라오스는 그 대가로 자신의 딸 헤르미오네를 피로스에게 주었던 것이다.

피로스는 그녀를 약혼녀로 받아들이기는 했지만 사랑하지는 않았다. 헤르미오네를 진정으로 사랑한 것은 트로이 원정대 그리스군 총사령관이자 미케네 왕인 아가멤논의 아들 오레스테스였다. 메넬라오스가 아가멤논의 동생이니 헤르미오네와 오레스테스는 사촌 간이었다.

하지만 정작 헤르미오네는 오레스테스를 거들떠보지도 않았다. 그녀는 피로스와 약혼하고 에페이로스로 온 후 피로스에게만 마음을 쏟았다. 비록 부모가 맺어준 사랑이었지만 그녀는 피로스를 진심으로 사랑했다. 오레스테스는 그런 그녀를 증오했다. 아니, 증오하려고 애썼다. 그녀를 증오하려고 애쓰다보면 그녀를 향한 사랑의 불길이 식으리라 믿었다. 하지만 그것은 오산이었다.

트로이 원정대가 무사히 그리스로 돌아온 후 원정에 나섰던 장군들은 각자 자신이 다스리는 도시국가로 돌아갔다. 그들은 모두 일국의 왕들이었다. 그런데 얼마 후 모든 도시의 왕들이 다시 소집되었다. 오레스테스도 그곳으로 달려갔다. 그는 그리스에 새로운 전쟁의 기운이 감돌기를 바랐다. 국가 중

대사에 몰두하다보면 헤르미오네를 잊을 수 있으리라는 희망에서였다.

하지만 그들이 모인 것은 피로스를 탄핵하기 위해서였다. 그리스 전 지역이 그를 탄핵하는 목소리로 들끓고 있었다. 그가 헥토르의 아들 아스티아낙스를 보호하고 있었기 때문이다. 아스티아낙스가 누구인가? 트로이의 잿더미 속에 파묻힌 수많은 왕족 중에서 단 하나 살아남은 트로이의 핏줄 아닌가? 그리스 도시국가의 왕들은 언젠가 자신들을 공격하게 될 호랑이 새끼를 품 안에서 키우고 있는 셈이라고 일제히 피로스를 규탄했다.

오레스테스의 가슴은 기쁨에 벅차올랐다. 질투의 대상이었던 피로스를 향한 복수의 길이 열렸기 때문만은 아니었다. 피로스의 이야기를 듣는 순간 꺼진 줄 착각했던 사랑의 불꽃이 다시 피어오르는 것을 확인할 수 있었기 때문이다. 그는 헤르미오네를 사모하는 자신의 마음이 조금도 약해지지 않은 것을 알고 희열에 사로잡혔다. 사랑의 불씨는 언제든 다시 피어오를 준비가 되어 있는 법이니, 사랑의 힘이란 얼마나 강력한 것인가!

그뿐 아니라 그의 연적 피로스가 헤르미오네를 거들떠보지도 않는다는 소문이 그에게 희망을 주었다. 그가 다른 여자를 사랑하고 있다는 것이었다. 피로스는 차일피일 결혼을 미루고 있으며, 헤르미오네의 아버지 메넬라오스 왕은 겉으로는 태연한 척하면서 속으로는 불만을 품고 있다는 소문도 떠돌고 있었다. 모두 오레스테스를 들뜨게 하는 소문이었다.

그는 그리스 전 도시국가가 나서서 피로스를 탄핵할 것을 강력하게 요구했고, 결국 피로스를 탄핵하기로 결정이 났다. 아가멤논의 뒤를 이어 미케네 왕위에 오른 오레스테스가 대표자로 선출되었다. 아스티아낙스를 피로스의 손에서 빼앗아 오는 것이 그의 임무였다. 그는 기꺼이 그 임무를 맡고 피로스의 왕국 에페이로스로 갔다. 하지만 그의 속셈은 따로 있었다. 그는 생각했다.

'이 기회에 내가 사모하는 헤르미오네 공주를 빼앗을 수 있다면 얼마나 좋을까! 아, 시간이 흐를수록 사랑의 불꽃이 격렬하게 타오르는구나. 어떤 위험 앞에서도 이 불꽃은 절대 꺼지지 않으리라. 이를 악물고 저항해도 소용이 없구나. 이제 나를 이끄는 운명에 눈을 감고 내 몸을 던지리라. 그래, 나는 그녀

를 사랑한다. 내가 이곳에 온 것도 그녀를 움직여 데려가기 위해서다.'

에페이로스에 도착한 그는 그 길로 절친한 친구이자 옛 스승인 필라데스를 찾았다. 그는 오레스테스의 신하였으나 지금은 피로스를 섬기고 있었다. 오레스테스는 필라데스를 만나자마자 자기 속마음을 털어놓고 그에게 물었다.

"필라데스, 그대는 피로스를 가까이에서 섬기고 있으니 그 속을 잘 알 것 아니오? 그가 어떻게 나올까? 그의 속마음이 어떤지 좀 가르쳐주시오. 나의 헤르미오네는 아직 그에게 빠져 있을까? 과연 내게서 뺏어간 보물을 피로스가 내게 돌려줄까? 자, 그대의 생각을 말해주오."

그러자 필라데스가 고개를 절레절레 가로저었다.

"국왕이 전하의 품에 그 여자를 돌려준다고요? 글쎄요. 쉬운 일은 아닐 겁니다. 물론 그가 헤르미오네 공주를 사랑하기 때문은 아닙니다. 국왕의 마음은 지금 죽은 헥토르의 아내인 앙드로마크를 향해 불타고 있습니다. 그녀를 사모하고 있지요. 하지만 그녀는 꿈쩍도 안 합니다. 남자의 애절한 마음에 증오의 눈길만 던질 뿐입니다."

오레스테스가 눈을 빛내며 물었다.

"그렇다면 헤르미오네를 왜 돌려주지 않는다는 거지? 그가 다른 여자에게 마음을 빼앗겼다면 헤르미오네의 마음도 돌아설 것 아닌가?"

"더 들어보십시오. 앙드로마크는 국왕의 포로입니다. 국왕은 그녀를 달래보기도 하고 안 될 때는 협박도 하면서 온갖 방법을 다 쓰고 있습니다. 아들을 빼앗아 숨겨놓고 목을 자르겠다는 협박도 합니다. 그래 놓고는 또 달래봅니다.

헤르미오네 공주는 그 모든 것을 곁에서 지켜보고 있습니다. 가슴의 분노를 억누르지 못한 채 한숨만 쉬고 있습니다. 그렇다고 피로스를 향한 그녀의 사랑이 식은 건 아닙니다. 어찌할 바를 모르면서 지내고 있다고 보면 됩니다.

어쨌든 지금으로서는 도저히 국왕의 마음을 알 수 없습니다. 그도 혼란스러울 게 틀림없습니다. 홧김에 싫어하는 여자와 결혼해서 사랑하는 여자에게 벌을 줄까 하는 생각을 할 수도 있습니다. 그러니 그렇게 간단하게 공주를 내줄 리 없습니다."

"그렇지만 헤르미오네가 그대로 가만히 있겠소? 결혼을 질질 미루면서 아름다운 자신은 쳐다보지도 않는 판에.”

“공주는 겉으로는 태연한 척하며 오히려 더 부드럽게 왕을 대하고 있습니다. 언젠가 피로스가 마음을 돌리고 자신에게 돌아오길 기대하시는 거지요. 하지만 속마음은 쓰리기만 하지요. 언젠가 속으로 눈물을 흘리고 있다고 제게 털어놓으신 적도 있습니다. 지금이라도 당장 아버지 곁으로 떠나고 싶다고 하면서도 그때마다 용기를 잃고 주저앉으셨습니다. 때로는 도움을 청하고 싶다며 사촌 오빠인 전하의 이름을 입에 올리기도 했습니다.”

그러자 오레스테스가 황급히 말했다.

“사실인가? 그렇다면, 필라데스. 내 당장 그녀에게 쫓아가서…….”

“전하, 먼저 사자로서 임무를 완수하십시오. 그게 순서입니다. 지금 이곳의 왕이 전하를 기다리고 있습니다. 살아남은 헥토르의 아들을 없애기 위해 그리스 전체가 집결하고 있음을 똑똑히 보여주십시오. 하지만 왕은 그 아이를 넘겨주지 않을 겁니다. 그로 인해 오히려 앙드로마크를 향한 사랑의 열정이 더 커질 것입니다. 갈라놓으려 하면 할수록 더 가까워지려는 게 인지상정이니까요. 방법은 하나뿐입니다. 그를 강하게 몰아붙이는 겁니다. 강력하게 모든 것을 요구하는 겁니다. 그렇다고 전하가 원하는 것이 손에 들어오지는 않겠지만 당장은 그 수밖에 없습니다."

오레스테스는 필라데스의 말대로 우선 피로스를 만나기로 했다. 그가 필라데스에게 말했다.

"그래, 알았소. 그사이 그대는 그 비정한 여인을 만나시오. 그리고 내 말을 전해주오. 사모하는 남자를 한번 만나달라고. 그녀를 보기 위해 내가 찾아왔다고."

오레스테스는 궁정으로 가서 피로스를 만났다. 오레스테스는 신하들을 물리치게 한 다음 단둘이 이야기를 나누었다. 오레스테스는 찾아온 용건을 말했다.

"그리스 전체의 의사를 내 입으로 말씀드리기 전에, 우선 내가 그리스 대표로 선출된 것을 영광스럽게 생각한다는 말씀을 드리고 싶습니다. 또한 아킬레우스의 아들이시고 트로이의 정복자이신 전하를 이렇게 직접 찾아뵐 수 있는 명예를 갖게 된 것을 큰 기쁨으로 생각한다는 말씀을 먼저 전해드리겠습니다.

그렇습니다. 부왕이신 아킬레우스의 위업과 전하의 무훈에 대해 우리 모두 찬탄하고 있습니다. 헥토르는 부왕의 손에 쓰러졌고 헥토르의 아버지이자 트로이의 왕이었던 프리아모스는 전하의 손에 죽었습니다. 트로이는 전하의 힘으로 멸망한 것입니다. 아킬레우스의 뒤를 이어갈 사람은 바로 그 아드님을 빼놓고는 없다는 사실을 만천하에 보여주었습니다.

그러나 전하께서는 부왕이시라면 절대로 하시지 않을 일을 하고 계십니다. 전하는 트로이의 혈통에서 불행의 씨를 주워 연민의 정으로 키우고 계십니다. 그리스의 한을 생각하지 않고 계십니다. 전하께서는 잊으셨습니까? 헥토르가 어떤 사람이었는지를! 전쟁으로 쇠약해진 그리스 백성들은 지금도 똑똑히 기억하고 있습니다. 그자의 이름을 듣기만 해도 남편을 잃은 아내나 아버지를 잃은 딸들은 몸서리를 칩니다.

그리스 사람이라면 누구나 빼앗긴 남편과 아버지에 대한 보상으로 그 저주스러운 자의 아들 목숨을 요구하고 있습니다. 장차 그 아이가 무슨 짓을 꾸밀지 누가 알겠습니까? 일찍이 그의 아버지가 우리의 함대에 불을 지르며 바다 위를 종횡무진 휩쓸고 다니던 광경이 눈에 선한데, 이번에는 그 아들이

앙드로마크

21

그리스로 쳐들어오지 않으리라는 보장이 어디 있겠습니까?

전하, 전하께 내 생각을 솔직히 말씀드리겠습니다. 품 안에서 키운 이 독사가 어느 날엔가 목숨을 구해준 은혜를 원수로 갚을지도 모릅니다. 그러니 그리스 전 국민의 강력한 요구를 들어주십시오. 그리스 국민의 복수도 해주시고 전하 자신의 안전도 꾀하십시오. 언젠가 전하와 일전불사하게 될 위험한 적입니다. 지금 당장 없애버리는 것이 상책입니다."

피로스가 오레스테스의 일장연설을 듣고 대답했다.

"그리스 전체가 나를 그토록 염려해주다니, 이런 감사할 데가……. 오레스테스 전하, 나는 전하가 직접 사자로 나섰다는 이야기를 듣고 훨씬 중대한 일일 거라고 생각하고 있었습니다. 정말, 누가 믿겠습니까? 아가멤논의 아드님이 겨우 이런 일을 중재하러 직접 나서시다니! 일찍이 패배를 모르던 위대한 그리스 전체가 힘을 모아 노리는 상대가 겨우 어린아이 한 명의 목숨이라니!

내가 전하께 묻지요. 도대체 누구를 위해 그 애를 희생물로 삼으라는 건가요? 도대체 그 애의 목숨을 좌지우지할 권리가 누구에게 있는 거지요? 왜 유독 나만, 운명에 따라 내 손에 들어온 포로를 내 맘대로 할 수 없다는 건가요?

전하께서는 잘 알고 계실 겁니다. 불타는 트로이 성벽 아래서 우리는 제비를 뽑아 전리품을 나누었습니다. 그때 내 손에 떨어진 것은 앙드로마크와 그의 아들이었습니다. 프리아모스의 부인 헤카베는 오디세우스 곁에서 비참한 최후를 맞이했고 그의 딸 카산드라는 당신의 아버지를 따라 아르고스로 떠났습니다. 그 장군들의 포로에 대해 내가 권리를 주장한 적이 있습니까?

어느 날인가 헥토르와 트로이가 부활한다고요? 그 아들이 목숨을 구해준 은혜를 원수로 갚고 내 목숨을 노리게 될지도 모른다고요? 기우입니다. 그렇게까지 생각한다면 걱정의 씨는 한이 없을 겁니다. 그토록 먼 앞날의 불행까지 예측할 능력이 내게는 없습니다.

자, 나와 함께 머릿속으로 그림을 그려보시지요. 트로이의 옛 모습을 말입니다. 성벽은 웅장하기 이를 데 없었고 영웅들이 들끓고 있었으며 아시아의 패자라 불렸지요. 하지만 지금의 트로이는 어떻습니까? 눈에 보이는 것은 잿더미에 덮여 있는 수많은 성탑들뿐입니다. 피로 물들여진 강물, 사람 그림자도 찾아보기 힘든 들판, 그리고 쇠사슬에 묶여 있는 한 명의 어린아이뿐입니다. 이런 트로이가 복수를 꾀한다고요? 상상도 할 수 없는 일이지요.

한 가지 더 말씀드리지요. 만약 헥토르의 아들을 죽이려 했다면 무슨 이유로 내가 1년이나 질질 끌었을까요? 프리아모스 왕의 품에서 일찍 저승으로 보낼 수도 있었을 텐데, 그 많은 사람이 죽어가는 틈에서 함께 죽였다면 됐을 텐데. 그때라면 무슨 짓을 해도 정당했을 것입니다. 늙은이건 어린아이건, 아무리 약한 자건 사정을 봐주지 않았지요. 승리의 흥분과 밤의 어둠, 그것은 정말 잔인한 것입니다. 그것들에 자극되어 우리는 마음껏 살육을 저질렀습니다. 그 누구도 용서할 수 없는 상태였습니다.

그런데 이제 1년이 지났습니다. 그 분노가 사라진 지 오래되었습니다. 그런데 지금 다시 그 잔인한 마음을 가지라고요? 지금 내 마음은 연민의 정으로 가득 차 있는데 내 손을 어린아이 핏속에 담그라는 말씀인가요?

당치도 않습니다, 전하. 그리스는 제발 다른 적당한 먹이를 찾으라고 하십시오. 이곳 말고 다른 곳에서 트로이 생존자를 찾으시는 게 나을 겁니다. 내게 분노는 이미 과거의 것, 트로이에서 살아남은 자를 우리 에페이로스는 살려줄 것입니다."

오레스테스가 지지 않고 다시 대답했다.

"전하, 전하께서도 잘 알고 계시지요. 앙드로마크가 자기 아들을 구출하기 위해 다른 사람의 애를 자기 아이인 양 꾸며 처형대로 보냈다는 것을. 그리스인들은 헥토르의 아들을 이미 단죄했습니다. 다만 가짜였다는 게 문제일 뿐입니다. 우리가 지금 단죄하려는 것은 진짜 헥토르의 아들입니다. 가짜 아스티아낙스가 아니라 진짜 아스티아낙스입니다. 헥토르의 손에 의해 그리스 사람들이 흘린 피를 생각해보면 그리스의 분노는 지극히 당연한 것입니다. 그 분노는 헥토르 아들의 피를 보기 전에는 절대로 가라앉지 않을 것입니다. 어쩌면 그리스 군대를 이곳 에페이로스까지 불러들일지도 모릅니다."

"그래요? 그렇다면 내 기꺼이 환영합니다. 에페이로스를 제2의 트로이로 삼아 공격해 오시지요. 증오의 상대를 혼동하고 그리스에 승리를 안겨준 일족의 피와 패망한 적의 피를 구별할 줄 모른다면 얼마든지 그렇게 하라지요. 전하의 아버지 아가멤논 왕이 우리 부왕께 했던 짓을 그 아들이 반복하지 말란 법이 없지요."

"그렇다면 그리스가 전하를 반역자로 생각해도 좋다는 건
가요?"

"내가 전쟁에서 이긴 것이 결국 그리스에 굴복하기 위해서
라는 건가요? 그러려고 그렇게 용감하게 싸웠다는 건가요?
난 그리스에 굴복할 생각이 없습니다."

"전하, 무모한 행동은 하지 마십시오. 헤르미오네 공주와
그의 아버지이신 메넬라오스 왕을 생각해서라도 그러실 수는
없습니다."

"헤르미오네는 언제나 나에게 소중한 사람입니다. 하지만
그녀를 사랑한다고 해서 그녀 아버지의 노예가 될 수는 없습
니다. 그건 그렇고 전하, 그 헬레네 여왕의 따님을 한번 만나
보고 가시지요. 당신들은 핏줄로 이어진 사이가 아닙니까? 그
런 후 곧바로 그리스로 돌아가십시오. 돌아가셔서 내가 그리
스의 요구를 받아들일 수 없다는 말을 전해주십시오."

오레스테스가 헤르미오네를 사랑한다는 것을 피로스는 소
문을 들어 알고 있었다. 피로스는 그들 사이에 사랑이 불붙기
를 은근히 바라고 있었다. 오레스테스의 사랑에 헤르미오네가

넘어가기를, 둘이 사랑에 빠져 스파르타로 돌아가기를 바라고 있었다. 그렇게만 된다면 그녀와 결혼해야 한다는 속박에서 벗어날 수 있을 것 아닌가. 아무런 비난도 받지 않고 자연스럽게 그녀와 헤어질 수 있지 않은가?

말을 마친 피로스는 안으로 들어갔고 오레스테스는 궁 밖으로 나갔다.

그때 앙드로마크가 피로스를 만나고 싶다는 전갈을 알려 왔다. 그는 기쁜 마음으로 앙드로마크를 맞으러 밖으로 나갔다.

"나를 찾으셨소, 부인?"

"내 아들이 갇혀 있는 곳으로 가려던 길이었습니다. 하루에 한 번 그 아이를 만나도 좋다고 허락하셨지요. 전하, 잠시 동안 그 아이와 함께 눈물을 흘리고 오려고 합니다."

피로스가 그녀에게 단도직입으로 말했다.

"부인, 그리스인들이 아직 헥토르를 원망하고 두려워하고 있습니다. 그들은 그의 살아남은 아들을 두려워합니다."

앙드로마크가 놀라서 말했다. "뭐라고요? 그 아이가 그리스에 불안의 씨앗이란 말인가요? 그 불행한 어린아이를 두려위하다니! 피로스 왕이 주인인 그 어린아이를! 아직 누가 주인이고 누가 아버지인지조차 분간 못 하는 그 어린아이를!”

“그 아이의 핏줄 때문에 전 그리스가 그의 죽음을 요구하고 있습니다.”

“그렇다면 전하께서는 그런 가혹한 판결을 따르시겠군요. 설마 그 애가 아버지 원수를 갚을 것이라 믿지는 않으시겠지요? 그 애가 그럴까봐 두렵지는 않으시겠지요? 그 때문에 그리스의 결정을 따르지는 않으실 겁니다.

전하, 전하께서는 그 애가 나의 위안이 되는 꼴을 두고 보기 싫으시지요? 내게 남편과 아버지 몫을 해주는 그 애가 보기 싫으시지요? 그래요, 전하의 한 마디로 나는 이제 모든 걸 잃고 말겠군요.”

“부인, 고정하십시오. 나는 주저 없이 거절했습니다. 그리스 전체가 이미 무력으로 나를 협박하고 있습니다. 지금이라도 곧 수천 척의 배를 이끌고 아들의 목숨을 요구하러 올지 모릅니다. 설령 그렇다 하더라도 내 마음은 흔들리지 않을 것입니다. 그의 목숨을 살리기 위해 달려갈 것입니다. 이 몸을 버린다 해도 그 아이의 목숨은 지킬 것입니다.”

그러니 부인, 당신을 위해 이토록 큰 위험을 무릅쓰고 있는 나에게 조금은 부드러운 눈길을 던져주실 수는 없습니까? 모든 그리스인의 증오를 사서 사면초가가 되었는데, 당신의 차가운 마음과도 싸워야만 합니까? 자, 부인을 향해 이렇게 두 팔을 내밉니다. 사모하는 이 마음을 받아주리라는 희망을 가져도 되겠습니까? 당신을 위해 싸우는 이상, 이제 당신은 나의 적이 아니라고 생각해도 되겠습니까?"

"전하, 그런 말씀 마십시오. 그런 전하의 모습을 보고 그리스인들이 어떻게 생각하겠습니까? 전하가 사랑에 눈이 멀어 그리스 전체와 싸움을 벌인다고 생각해도 된단 말인가요?

이 몸은 포로로 잡혀 있는 몸, 눈물이 마를 사이도 없고, 내 몸 하나도 가누지 못하고 있는데, 그런 앙드로마크가 어찌 전하를 사랑할 수 있겠습니까? 안 됩니다, 전하. 나의 불행을 존중해주세요. 이 불쌍한 사람을 도와주세요. 어머니에게 아들을 되돌려주세요. 내 아들을 불쌍히 여기셔서 그들과 싸워주세요. 그들이 부당하다고, 냉혹하다고 말해주세요. 그리고 그 대가로 이 몸의 사랑을 요구하지도 말아주세요. 전하, 그렇게 하시는 것이 아킬레우스의 아들로서 걸맞은 태도가 아닐까요?"

"오, 부인 도대체 무슨 말씀을! 당신의 사랑을 요구하지 말라니! 나를 향한 당신의 분노가 아직 끝나지 않았단 말인가요? 도대체 언제까지 나를 증오하고 있을 겁니까? 그래요. 내가 수많은 사람을 불행에 빠뜨렸다는 것을 부정하지 않겠습니다. 당신 혈족의 피로 이 손을 물들였지요. 하지만, 하지만, 나도 큰 상처를 입었습니다. 바로 당신의 눈동자에 의해! 그 눈이 흘리는 눈물에 의해 비싼 대가를 치렀습니다."

피로스는 고개를 들어 탄식했다.

'아, 내가 트로이 사람들에게 입힌 수많은 고통을 지금 내가 맛보고 있도다! 나 스스로 트로이에 지른 그 불길들! 그 불길보다 더 열렬한 불길이 이 몸을 태우고 있다. 이렇게까지 정성을 다하고, 눈물 흘리며 가슴속의 불길이 열기를 더해가고 있건만……. 이토록 불안에 떨고 있건만……. 아, 그런데 그녀는 내게 그토록 냉혹하다니!'

그는 다시 앙드로마크를 향해 말했다.

"부인, 서로에게 상처를 입히는 건 이걸로 충분하지 않은가요? 나도 당신에게 고통을 주었고 당신도 내게 그만큼 고통을 주었으니. 이제 우리는 똑같은 적을 앞에 두고 있습니다.

그러니 우리의 마음을 합치는 게 옳은 것 아닌가요?

말해주십시오, 부인. 단 한 마디면 됩니다. 내게 희망이 남아 있다는 단 한 마디. 그렇게만 된다면 아들을 돌려드리겠습니다. 아니, 그 아이의 아버지가 되겠습니다. 트로이 사람들의 원수를 갚도록 교육하겠습니다. 그리스를 쳐서 당신과 나의 원한을 품시다. 그 부드러운 눈매로 내 기운을 북돋워준다면 어떤 어려운 일인들 못 하겠습니까?

당신의 트로이는 이제 다시 폐허의 밑바닥에서 그 모습을 나타낼 수 있습니다. 그리스군을 금방 물리칠 수 있습니다. 다시 하늘 높이 솟아오를 성벽 안에 아드님을 왕위에 앉힐 수 있습니다. 바로 이 손으로!"

피로스가 던지는 찬란한 유혹에도 앙드로마크의 마음은 움직이지 않았다. 그녀가 그에게 대답했다.

"전하, 그런 영화는 이미 우리와는 인연이 멉니다. 나도 그 아이에게 그런 약속을 해준 적이 있습니다. 하지만 그건 그 아이의 아버지 헥토르가 살아 있었을 때 일입니다."

그녀는 고개를 들어 속으로 탄식했다.

'트로이의 성스러운 성벽이여, 너희는 두 번 다시 우리의

모습을 볼 수 없을 것이다. 나의 헥토르조차 그것을 지키지 못 했는데!'

이어서 그녀는 다시 피로스를 보고 말했다.

"전하, 불쌍한 어미와 아들의 소원은 아주 작은 것이랍니다. 전하, 우리를 이 나라에서 추방해주십시오. 나의 소원은 단지 그뿐입니다. 전하, 눈물로 애원합니다. 제발, 그리스 사람들의 눈이 미치지 못하는 곳, 전하의 눈이 닿지 않는 먼 곳에서, 내 아들과 숨어 살며 남편을 위해 눈물짓는 것을 허락해주십시오. 내가 전하의 총애를 받는 몸이 되면 오히려 그것은 내게 증오의 불길을 지피는 것이 됩니다. 전하, 제발 돌아가십시오. 헤르미오네 공주의 품으로 돌아가십시오."

피로스는 그녀에게 다시 한 번 애원했다. 그를 향한 앙드로마크의 애원이 더 간절한지, 앙드로마크를 향한 그의 애원이 더 간절한지 알 수 없을 정도였다.

"오, 부인! 내가 정녕 그럴 수 있다고 생각하고 하는 말인가요? 사람을 괴롭히는 데도 한도가 있는 법! 당신이 붙들어 매 놓고 놓아주지 않는 이 마음을 어떻게 그녀에게 돌려주라는 겁니까! 그녀는 나와의 사랑을 약속하고 이곳에 왔지요. 왕비

전쟁의 전리품이 된 여성들

기원전 440~기원전 430년경 고대 로마 폼페이 '메난드로스의 집' 프레스코 벽화. 트로이 왕 프리아모스
가 보는 앞에서 트로이 공주 카산드라를 약탈해 가는 그리스 장군 소(小) 아이아스를 묘사했다. 『앙드로
마크』는 트로이 전쟁 직후를 시대 배경으로 한다. 트로이 전쟁을 다룬 호메로스의 『일리아스』를 보면, 트
로이 여성들은 주로 전쟁의 전리품으로 끌려가 노예가 되었다. 반면에 남성들은 전쟁터에서 죽거나 포로
로 잡히면 몸값을 내야 했다. 당시 전쟁의 규칙에 따르면, 승자는 패자의 처분에 대해 절대적인 권리를 가
지고 있었다. 따라서 『앙드로마크』에서와 달리 현실에서는, 앙드로마크가 피로스의 결혼 요구를 거부하기
란 거의 불가능했을 것이다.

앙드로마크

33

가 되기 위해 이곳 에페이로스로 왔지요. 그대와 헤르미오네, 두 사람이 이곳에 오게 된 것도 운명입니다. 당신은 포로의 쇠사슬에 묶여서 이곳으로 왔고 그녀는 사람의 마음을 쇠사슬로 묶기 위해 이곳으로 왔지요.

하지만 쇠사슬에 묶인 것은 당신이 아니라 바로 나입니다. 헤르미오네가 나를 묶은 것이 아니라 당신이 나를 묶은 것입니다. 내가 그녀의 마음에 들기 위해 애쓴 적이 있나요? 당신의 아름다움만이 강력한 힘을 휘두르고 있고 그녀의 매력은 아무런 힘도 발휘하지 못하고 있습니다. 그래요, 정작 포로는 바로 그녀입니다. 그리고 나와 그녀를 지배하는 것은 바로 당신입니다. 아, 내가 당신에게 보내는 이 사랑의 숨결 한 조각이라도 그녀에게 던져주면 그녀는 얼마나 기뻐할 것인가!"

"전하, 그녀에게 사랑의 숨결을 보내지 못할 이유가 무엇인가요? 전하, 나는 한 줌의 재로 변해버린 남편의 사랑에 아직 가슴속 불꽃을 태우고 있답니다. 그 남편이 도대체 누구인가요? 아, 생각하면 가슴이 찢어집니다. 나의 남편을 죽임으로써 전하의 아버지의 영광은 불멸의 것이 되었습니다. 나의 남편 헥토르의 피 위에서 전하의 아버지의 무훈이 빛나고 있습니다. 이 몸의 눈물이 바로 전하와 전하의 아버지의 명성을 지탱해주고 있는 것입니다."

피로스도 더 이상 애원만 하고 있을 수는 없었다. 그가 말했다.

"좋습니다. 부인의 말을 따를 수밖에. 당신을 잊어야 하겠군요. 아니, 증오의 불길을 지펴야겠군요. 잘 기억해두시오. 지금부터 나의 마음은 미치도록 사랑하거나 증오의 광란에 빠지는 길, 둘 중 하나밖에 없다는 것을! 이제 그 누구도 용서하지 않을 거요. 아들이 어머니의 오만불손함의 대가를 치르게 될 것이오. 그리스가 그 아이의 목숨을 요구하고 있소. 나도 이제는 배은망덕하고 냉정한 당신을 도와주기 위해 나의 명예까지 걸 생각은 추호도 없소."

"아, 불쌍하게도 그 애는 죽어야 하는군요. 그 아이를 지켜주는 것이라곤 엄마의 눈물과 더럽혀지지 않은 깨끗한 몸뿐인데……. 그래요, 그 아이를 죽이세요. 그게 차라리 일찍 고통을 끝내는 길이에요. 내 아들을 생각해서 수치를 참아가며 목숨을 연명해온 것인데, 이제 드디어 그 애 뒤를 따라 그 애 아버지를 만날 수 있게 되겠군요. 이렇게 세 사람이 하나가 될 수 있는 것도 전하의 덕입니다. 우리 모두 전하께⋯⋯."

그때 피로스가 앙드로마크의 입을 막았다.

"가보십시오, 부인. 가서 아들을 만나십시오. 아들의 모습을
보면 자기 자식을 향한 정이 가슴에 솟아올라 부인의 분노를
가라앉힐 것이오. 우리 두 사람의 운명이 어떻게 될 것인지는
뒤에 다시 만나 이야기합시다. 부인, 그 아이를 가슴에 안고
잘 생각해보시오. 그 아이의 목숨을 살리는 길을."

2

　　헤르미오네가 자신의 방에서 하녀인
클레오네와 함께 이야기를 나누고 있었다. 필라데스가 클레
오네를 통해, 오레스테스가 헤르미오네를 만나고 싶다는 전
갈을 한 것이다.

　헤르미오네가 말했다.

　"그래, 네 말대로 하겠다. 만나기를 원하는 데 싫다고 할 수
는 없지. 한 번쯤 기쁘게 해주어서 나쁠 건 없으니까. 사실은
만나지 않으려 했는데……."

　클레오네가 말했다.

　"그분을 만나시는 게 겁이라도 나신다는 말씀인가요? 공주

님, 조금도 변함없는 오레스테스 님 아닙니까? 공주님도 몇 번이나 그분이 와주셨으면 좋겠다고 말씀하셨잖아요?"

"그의 사랑을 너무 냉혹하게 대해 온 내가 아니냐? 이런 상황에서 그를 만난다는 게 가슴 아프다. 그가 겪은 고통을 똑같이 겪고 있는 내 비참한 모습을 그가 알게 된다면…… . 나에게는 얼마나 큰 수치며 또 그에게는 얼마나 큰 승리감을 안겨 줄 것인지! 그는 말할 거야. '이것이 오만했던 헤르미오네의 모습인가, 나를 그렇게도 멸시하더니 딴 남자에게 버림받고 있구나! 너도 한번 그 고통을 맛보아라'라고. 아, 그전에는 그토록 콧대가 높았는데 이제는 내가 그 대가를 맛보게 되었으니…… . 오, 하느님, 이 노릇을 어찌하지?"

"공주님, 그런 쓸데없는 걱정은 마세요. 공주님을 그토록 사랑하고 그리워하시던 분이 그런 모욕적인 말을 하겠어요? 공주님을 향한 마음을 버릴 수 없어 다시 찾아오시는 걸 거예요. 공주님 아버님께서, 만일 피로스가 그리스의 요구를 거절하면 공주님은 그리스로 돌아오시라고 말씀하신 거로 알고 있는데요, 잘된 일이에요. 공주님께서 선수를 치시면 됩니다. 말씀하셨죠? 피로스를 이제는 증오하신다고…… ."

헤르미오네가 말했다.

"증오하고말고! 그토록 정성을 다했는데 나를 잊고 있다니! 그토록 그립고 소중한 사람이었는데 변심을 하다니! 그를 너무나 사랑했기에 증오하지 않을 수 없어."

"그러시다면 그분에게서 멀어지세요. 공주님을 진정으로 사모하는 분은……."

그러자 헤르미오네가 말을 끊었다.

"아니야, 더 기다릴 거야. 이 증오심이 더 강하게 불타오를 때까지! 내가 그 적과 정면으로 맞서도 내 마음이 흔들리지 않을 때까지! 클레오네, 나는 미지근한 상태에서 그와 헤어지기 싫어. 그 남자를 마음속으로 진정으로 증오하게 될 때, 그 때 그와 헤어질 거야."

그러자 클레오네가 공주에게 말했다.

"공주님, 뭐라고요? 이 이상 더 멸시를 당하고 싶으시다는 건가요? 포로로 잡힌 여자에게 사랑을 바친다, 그것도 공주님 바로 눈앞에서, 그 이상 더 흉측한 일이 어디 있어요? 더 기다리실 게 남아 있나요? 그것만으로도 그를 증오하고 남을 텐데요."

"클레오네, 더는 나를 괴롭히지 마. 나도 괴로워. 나도 지금 내가 어떤 상태인지 아는 게 두려워. 네 눈에 내가 어떤 모습으로 보이건 믿지 마. 전부 거짓이야.

아니야, 믿어야 돼. 더 이상 내게는 사랑하는 사람이 없어. 나를 칭찬해 줘. 사랑을 극복했다고. 나를 믿어줘. 너무 분해서 내 마음이 차가운 돌이 되어버렸다고. 그 사람에게서 떨어지라고? 좋아. 이제 그 사람을 내 것으로 만들겠다는 쓸데없는 희망은 버리겠어. 그 포로 여자 마음대로 하라고 해.

하지만 만약에, 만약에, 그 무정한 사람이 마음을 돌린다면? 자신의 의무로 되돌아온다면? 그가 내 발밑에 무릎을 꿇고 용서를 빈다면! 만약 사랑의 신이 그와 나의 약속을 지켜질 수 있게 해준다면? 아냐, 아냐, 그럴 리 없어. 그 배신자가 바라는 것은 오로지 내게 창피를 주는 것뿐이야.

하지만 나는 그리스로 돌아가지 않겠어. 여기 남아 그들의 행복을 방해할 거야. 그들의 불행에서 나의 행복을 찾을 거야. 아니면 그토록 엄숙하게 맺은 이 약혼을 깨뜨리게 해서 그를 그리스 법을 위반한 죄인으로 만들어버릴 거야. 그 전에는 결코 돌아갈 수 없어.

이미 그리스 전체가 그 여자의 아들에게 분노하고 있어. 그 분노가 그 아이 어머니에게도 향하게 만들 거야. 그 여자에게 내가 맛본 이 고통을 그대로 되돌려줄 거야. 그녀가 피로스를 파멸시키거나 피로스가 그녀를 파멸시키거나 둘 중 하나로 만들 거야."

"공주님, 오해세요. 그 여자에게 공주님은 안중에도 없어요. 지금 그 여자가 공주님을 고통에 빠뜨리고 즐거워할 거라고 생각하세요? 그녀는 변함없이 고통에 빠져 있을 뿐이에요."

"아, 그의 말을 진실로만 받아들였던 게 나의 불행이었어. 나도 오직 진심으로만 그를 대했고……. 아, 나는 그의 영광에 눈이 멀었던 거야. 그래, 이제는 이걸로 끝내자, 클레오네. 이 헤르미오네는 사랑에 약한 여자야. 오레스테스 님도 훌륭한 분이야. 적어도 그는 사랑할 줄 아는 사람이야. 비록 사랑하는 상대에게서 사랑을 받지 못하고 있지만 자기 자신을 사랑받게 만드는 방법은 알고 있을 거야."

그런 말을 하면서도 헤르미오네는 도저히 마음의 갈피를 잡지 못하고 혼란스러울 뿐이었다.

바로 그 순간 오레스테스가 그녀를 보러 왔다는 전갈을 시녀가 전했다. 그녀가 모시고 오라고 하자 그녀의 방으로 오레스테스가 들어섰다. 헤르미오네는 그를 보자 예를 갖추어 영접한 후 말했다.

"전하, 이 가련한 왕녀를 만나러 먼 길을 오신 건가요? 아니면 오로지 맡은 바 임무를 수행하러 오신 건가요?"

"공주, 이것이 사랑에 눈이 먼 가련한 나의 모습입니다. 공주, 공주도 아시지요? 아름다운 공주를 사모하는 마음에 끊임없이 찾아뵙고는 그때마다 두 번 다시 찾아오지 않겠다고 맹세하면서 돌아가는 것, 그것이 바로 내 운명이었다는 것을.

나는 죽고 싶었습니다. 죽으려고도 했습니다. 하지만 죽음의 신은 언제나 나를 피해갔습니다. 그래서 드디어 이렇게 당신을 찾아왔습니다. 언제나 나를 피해 다니는 그 죽음을 당신의 눈 속에서 찾기 위해 이렇게 왔습니다. 당신의 차가운 눈매만으로도 나를 절망에 빠뜨릴 수 있습니다. 그 눈으로 한 줄기 남아 있는 희망마저 품지 말라고 명령하기만 하면 됩니다. 항상 되풀이해온 것을 그 눈으로 말씀하신다면 내가 찾고 있는 죽음의 시간이 그만큼 앞당겨지겠지요. 그것이 지난 1년간 나를 지탱해준 유일한 희망이었습니다. 자, 이 희생물을 가지십시오. 그것이 공주, 당신이 할 일입니다."

"전하, 그런 비참한 이야기는 그만하세요. 지금은 전하를 대표 사절로 선출한 여러 나라의 왕들을 생각하실 때입니다. 자신을 망각하고 있는 사람에게 그리스인들의 복수를 내맡기다니! 전하, 사람들이 전하에게 바라는 것이 오레스테스 님의 피를 흘리는 것인가요? 우선은 맡은 임무에 신경을 쓰셔야 하지 않나요?"

"피로스가 거부한 이상 내 임무는 끝난 것이나 다름없습니다. 그가 나더러 돌아가라고 합니다. 어떤 다른 힘이 그로 하여금 헥토르의 아들을 지키게 하는 것 같습니다."

그 말을 듣고 헤르미오네가 소리쳤다.

"배신자!"

"나는 이제 떠나야만 합니다. 그 전에 나 자신의 운명을 당신에게 맡기려고 이렇게 찾아온 겁니다. 하지만 이미 그대의 답을 읽을 수 있을 것 같습니다. 나를 거부하는 그대의 마음이 은밀히 그 답을 보여주고 있군요."

"내가 전하를 사랑하지 않는다고 해서 그렇게 불평만 늘어놓을 셈인가요? 내가 에페이로스에 오기는 했지만 나는 여기서 유배된 신세나 다름없었어요. 아버님의 명령으로 온 것이니까요.

하지만 당신의 그 애절한 마음을 나도 남몰래 맛보고 있던 게 사실이에요. 오로지 당신만 마음 아파했다고요? 누가 감히 그런 말을 했나요? 내가 당신을 한 번도 마음속으로 그리워하지 않았다고요? 머지않아 이곳의 왕비가 되어야 한다는 의무도 잊은 채, 당신을 만나보고 싶어 한 적이 한 번도 없었다고요?"

오레스테스는 자신의 귀를 의심했다. 그토록 쌀쌀맞던 헤르미오네가 자신을 그리워했다니!

"나를 만나보고 싶었다고 말했습니까? 오, 공주, 몸 둘 바를 모르겠습니다. 분명 나를 앞에 두고 한 말인가요? 자, 두 눈을 똑바로 떠봐요. 공주 눈앞에 있는 게 바로 오레스테스입니다. 그토록 오랜 세월 혐오하기만 했던 오레스테스란 말입니다."

"그래요, 바로 당신이에요. 겨우 철이 들 무렵 사람의 마음을 사로잡을 수 있는 눈길의 힘을 처음으로 가르쳐 준 당신.

나는 당신을 향해 언제나 마음 아파했어요. 지금도 사랑할 수만 있다면 사랑해 드리고 싶은 게 바로 당신이랍니다."

"사랑할 수 있어야 사랑해주겠다고요? 알았습니다. 내게 주어진 저주스러운 운명을. 그대 마음은 이미 피로스의 것, 입으로만 나를 사랑해주고 싶다고 말하는군요."

"아, 피로스라뇨? 피로스 같은 사람을 부러워하지 마세요. 피로스 같은 사람이 되지 마세요. 만일 그렇게 되면 당신도 한없이 증오할 겁니다."

"오, 증오라! 증오가 쌓이면 그만큼 사랑하는 마음도 생기는 법이지요. 제발 나를 증오해주시길! 그렇다면 나를 바라보는 눈길이 바뀔 수도 있을 것을. 억지로 나를 사랑하려고 한들 당신의 마음은 결코 나를 향하지 않을 겁니다. 어쨌든, 내 말을 한번 들어보시지요. 지금 피로스 편을 들고 있는 건 오로지 당신 한 사람뿐입니다. 그런데 그 남자는 당신을 혐오하고 있습니다. 다른 여자에게 마음을 빼앗겨서……."

헤르미오네가 도중에 오레스테스의 말을 끊었다.

"누가 그런 말을……. 전하, 그 사람이 나를 멸시하고 있다고요? 그 사람의 말투, 그 사람의 눈매에서 그걸 읽으셨나요?

내 얼굴을 보는 것도 혐오스럽다고요? 내 얼굴을 보면 타오
르던 마음의 불길도 꺼진다는 건가요? 그에게서 그런 것만
보다니 당신의 눈은 정말 악의에 차 있군요.”

“계속하시지요. 좋습니다. 그렇게 나를 모욕해서 기분이 좋
아진다면 얼마든지 하세요. 그대는 정말 잔인한 여자로군요.
내 눈이 악의에 가득 차 있다고요? 그 악의에 찬 내 눈에서
당신을 멸시하는 눈길을 읽을 수 있다는 말인가요? 그 눈에
서 당신을 향한 변함없는 마음은 읽을 수 없단 말인가요? 그
악의에 찬 눈이 어떻게 당신의 아름다운 눈을 보고 사랑의 불
길에 휩싸이게 되는 거지요?”

오레스테스는 잠시 망설이다가 계속했다.

“내 입에서 꼭 이 말이 나와야 하나요? 당신의 눈에는 그를
끌 만한 힘이 이제 없다는 것을……. ”

“그 사람이 나를 싫어하든 좋아하든 나와는 아무 상관 없어
요. 자, 반역자에 대해서 반역의 대가를 치르게 하세요. 전 그
리스를 무장시키세요. 에페이로스를 제2의 트로이로 만드세
요. 자, 급히 서두르세요. 내가 이렇게 말하는데 아직도 그를
사랑하고 있다고 믿나요?”

"좋습니다. 하지만 한 가지 더 말하겠습니다. 공주님은 이제 귀국하세요. 이 나라에 인질로 남아 있을 필요 없습니다."

"당신 말이 맞아요. 하지만 내가 없는 사이 그 사람이 앙드로마크를 아내로 삼아버린다면?"

"뭐라고요?"

"그 사람이 포로를 아내로 삼는다면 그것이야말로 우리에게는 얼마나 큰 굴욕인가요!"

"오, 공주여! 그러면서 그를 증오한다고 말하다니! 고백하십시오, 공주. 사랑의 불꽃은 그리 쉽게 가슴속에 숨겨둘 수 없는 법입니다. 숨길수록 더 드러나지요. 목소리에도, 침묵에도, 눈빛에도. 그뿐 아니라 잘못 꺼진 불꽃은 더 강렬하게 타오르는 법입니다."

"잘 알겠어요, 전하. 전하는 나의 말 구석구석에 독을 뿌리고 스스로 마음에 상처를 입고 괴로워하는군요. 내가 그를 증오한다고 분명히 말하는데도 그를 사랑한다고 우기시니. 내 말에서 허점이나 찾으려 애를 쓰시는군요. 자, 분명히 말씀드릴게요. 결단은 뒤에 내리세요. 아시다시피 나는 의무에 의해 이 나라에 왔어요. 나를 이 나라에 묶어두는 것은 바로 그 의

무일 뿐이에요. 그러니까 아버지나 피로스 둘 중 한 명이 이곳을 떠나라고 하지 않는 한 나는 떠날 수 없어요.

피로스에게 분명히 말하세요. 그리스의 적을 사위로 삼을 수 없다는 것을. 트로이의 아들과 나 둘 중 어느 쪽을 택할지 분명하게 결정하라고 하세요. 두 사람 가운데 누구를 돌려보내고 누구를 자기 곁에 둘 것인지⋯⋯. 그 사람이 좋다고 하면 나도 전하를 따라갈 각오가 되어 있어요."

헤르미오네의 말에 오레스테스는 한껏 고무되었다. 앙드로마크에 눈이 먼 피로스가 헤르미오네를 그리스로 돌려보낼 것이 틀림없었기 때문이었다. 더욱이 그는 그녀를 혐오하고 있지 않은가! 구실만 있다면 당장에라도 공주를 쫓아버리고 싶은 마음뿐일 것이라고 그는 생각했다. 그는 속으로 외쳤다.

'그래, 헥토르의 아들이건 그자의 처건 어떻게 되어도 좋다. 모두 살려주어도 상관없다. 이토록 아름다운 분을 에페이로스에서 데려갈 수 있다니! 에페이로스여, 헤르미오네 공주가 이 손안에 들어오고, 그녀가 너의 바닷가와 너의 왕을 버릴 수만 있다면 다른 것은 아무래도 좋다.'

오레스테스는 그 길로 담판을 짓기 위해 피로스를 만나러 갔다. 그런데 오레스테스를 보자마자 피로스가 먼저 말을 꺼냈다. 전혀 뜻밖의 이야기였다.

"전하, 찾고 있던 중이었습니다. 조금 전에는 약간 흥분이 지나쳐서 그만 이성을 잃고 지나친 말씀을 드렸습니다. 죄송합니다. 전하와 헤어지고 난 후 차분히 생각해보니 전하의 말씀이 모두 옳은 것을 알았습니다. 거역하기 어렵다는 것도 알았습니다. 말씀하신 대로 그리스에 대하여, 우리 아버지에 대하여, 그리고 무엇보다 나 자신에 대하여 반역자가 될 뻔했습니다. 트로이를 되살아나게 하고 아버지 아킬레우스의 위업과 내가 이룬 무훈에 모두 먹칠할 뻔 했습니다. 요구하신 희생물을 틀림없이 전하의 손에 넘겨드리겠습니다."

어안이 벙벙해진 오레스테스는 오히려 피로스의 마음을 돌리려 했다.

"전하, 정말 사려 깊은 결단이십니다. 하지만 결국 아무것도 모르는 불쌍한 어린아이의 피로 평화를 사는 셈이군요."

"맞습니다. 그뿐 아니라 나는 이 평화를 더욱 확실한 것으로 만들고 싶습니다. 이 영원한 평화를 보증하는 것은 헤르미

오네와 나의 결혼입니다. 나는 그녀를 아내로 삼겠습니다. 이
토록 기쁜 축하의 자리에 전하가 입회인으로 오시게 된 것이
더없이 즐겁습니다. 자, 그러니 공주를 만나십시오. 지금 곧바
로 전해주십시오. 내일 전하의 손을 통해 평화도, 공주의 마음
도 모두 받을 생각이라는 것을 공주에게 전해주십시오."

망연자실한 오레스테스는 아무 말도 못한 채 "오, 신이시
여!"만 외치면서 물러나올 수밖에 없었다. 도대체 피로스의
심경에 무슨 일이 있었단 말인가! 무엇이 그의 마음을 저렇게
바꾸어놓았단 말인가?

앙드로마크에 대한 분노 때문에 최후의 결심을 한 피로스
는 겉으로는 의기양양했다. 그는 사부인 페닉스를 불러 자신
의 결정을 알려주었다. 페닉스는 그가 옳지 못한 사랑의 노예
가 되어 있다고 그를 자주 비난하곤 했다.

"어떻소, 페닉스. 이래도 나를 사랑의 노예라고 할 것이오?
이게 내 진짜 모습이오."

"전하, 이제 잘 알겠습니다. 전하는 이제 진정 이전의 전하
로 되돌아오셨습니다. 이제는 사랑의 불꽃에 사로잡혀 그 농

간에 희롱당할 분이 아닙니다. 비로소 진정한 피로스 님이 되셨습니다. 영광스러운 무훈을 세우시던 그 모습을 되찾으셨습니다."

"차라리 나의 승리는 오늘부터 시작될 것이라고 말해주시오. 내 마음은 이제 자랑스러움으로 부풀어 있소. 사랑 속에 숨어 있던 그 많은 적과 싸워 이긴 거요. 생각해보오, 페닉스. 얼마나 많은 화근을 사랑이 몰고 다니는가를. 사랑 때문에 내가 자초한 일들을. 아, 나는 얼마나 어리석었던가! 전 그리스가 결속하여 나를 반역자로 내몰게 하다니! 그 여자 하나를 위해 이 몸 망치는 것도 모르고 그녀가 좋아서 어쩔 줄 몰라 하다니!"

"그렇습니다. 전하가 냉정한 마음을 되찾으신 것을 진심으로 축하드리고……."

열에 들뜬 피로스는 페닉스의 말을 도중에 끊었다.

"그 여자가 나를 어떻게 대하는지 그대도 보았을 거요. 자기 아들을 위해서라면 굳은 마음도 풀고 내 품 안으로 돌아올 줄 믿었소. 그런데 그 여자는 자기 아들을 껴안으며 눈물만 보일 뿐이었소. 그 여자의 입에서는 헥토르의 이름만 튀어

나왔소. 아들의 목숨을 아무리 살려주겠다고 약속해도 소용 없었소. 그러고는 아이를 껴안고 이렇게 말했소. '헥토르에요. 입도, 용맹스러운 모습도 그대로 닮았어요. 그래, 당신이 지금 내 품 안에 있는 거예요.' 도대체 그 여자는 무슨 생각을 하고 있는지 내 도무지 모르겠소. 그래, 그 아들을 살려주어서 그녀 에게 죽은 헥토르 모습을 실컷 떠올려주라 이건가?"

"전하, 은혜를 모르는 여자들은 원래 그런 법입니다. 이제 그 여자는 싹 잊으십시오."

싹 잊으라는 페닉스의 말에도 불구하고 피로스는 계속 앙드로마크 이야기를 했다.

"그 여자가 왜 그리 콧대가 높은지 나는 알고 있소. 자기 미모를 믿고 있는 것이오. 내가 아무리 화를 내도 결국 자기 앞에 무릎을 꿇기를 기다리고 있는 것이오. 페닉스, 만일 그녀가 내게 무릎을 꿇으러 온다 해도 나는 태연하게 대해줄 것이오. 그녀는 죽은 헥토르의 아내, 나는 헥토르를 죽인 아킬레우스의 아들! 앙드로마크와 피로스를 갈라놓고 있는 증오의 골은 너무나 깊소!"

"전하, 그렇다면 우선 하실 일이 있습니다. 두 번 다시 그녀

이야기를 하지 않는 겁니다. 자, 헤르미오네 공주에게 가십시오. 그분에게서 사랑을 받는 것으로 만족하십시오. 그분의 발밑에서 전하의 노여움을 깨끗이 씻어버리십시오. 결혼 승낙은 전하 스스로 얻으셔야 합니다. 그런 큰일을 어찌 연적의 손을 빌려 할 수 있겠습니까? 오레스테스는 공주님을 사모하고 있습니다. 그는 전하의 연적입니다."

그런데 피로스의 입에서 뜻밖의 말이 튀어나왔다.

"헤르미오네를 내 아내로 삼는다면 앙드로마크의 마음속에 질투심이 생길 수 있지 않을까?"

"또 그 여자 이야기를 하시는 겁니까? 여전히 앙드로마크에게 사로잡혀 계십니까? 그 여자가 화를 내든 좋아하든 전하와 무슨 상관이 있다는 겁니까? 도대체 어떤 마력이 전하를 이끌고 있는 겁니까? 안 끌려가려 해도 자꾸만 그 여자에게 끌려가시니."

"아냐, 그 여자를 깨끗이 잊기 전에 우선적으로 해야 할 일이 있소. 아직 그 여자에게 할 말을 다 하지 못했소. 나의 분노를 아직 제대로 보여주지 못했소. 내가 그 여자에게 얼마나 무서운 적인지 아직 충분히 알려주지 못했소. 그녀에게 가야겠소. 이번에야말로 마음껏 창피를 주어야겠소. 나의 증오심을 있는 그대로 보여주겠소. 그녀의 얼굴이 어떻게 변하는지 함께 가서 봅시다. 자, 갑시다."

그러자 페닉스가 큰소리로 외쳤다.

"가십시오, 전하! 그 여자의 발밑에 몸을 던지러. 진심으로 그녀를 사모하고 있다는 것을 보여주러 가십시오. 그래서 새로운 모욕을 받을 기회를 그녀에게 주십시오."

"그렇다면 그대는 내가, 이, 내가 그 여자의 일이라면 뭐든지 너그럽게 용서하리라 본단 말인가? 어디까지나 그녀 뒤꽁무니를 쫓아다니며 사랑받을 기회를 노리고 있는 것으로 보인단 말인가?"

"여러 말 마십시오. 전하는 그녀를 사랑하고 있습니다. 더 이상 말할 필요 없습니다."

"사랑하고 있다고? 내가? 그 배은망덕한 여자를? 사랑해주면 우쭐해 하고 더욱더 나를 혐오하는 그 여자를? 친척도, 친구도 없는 그 여자! 나 외에는 아무 데도 기댈 곳이 없는 그 여자! 한낱 포로에 불과한 그 여자! 그런 여자에게 아들을 돌려주고 나의 마음도 주고 이 왕국까지도 주겠다고 하는

데……. 그런데 냉정한 그 여자 마음속에서 나는 고작 박해자일 뿐이라니! 아니다, 이대로 둘 수는 없다. 나는 이미 맹세했다. 반드시 복수를 하고 말 테다. 그녀가 증오받아 마땅하다는 것을 가슴 깊이 새기게 해줄 거다. 그 아들을 넘겨줄 것이다. 그녀가 얼마나 애통하게 슬퍼하며 우는지 똑똑히 두고 볼 거다. 쓰라린 고통 속에서 그녀는 과연 나를 어떻게 대할까?

나는 그 여자를 위해 오늘 멋진 연극을 준비하는 셈이다. 페닉스, 오늘 벌어질 연극을 상상해보시오. 그 여자는 참지 못하고 죽을지도 모르오. 바로 내가 연출한 그 연극! 여자의 가슴에 단도를 찌르는 것과 같은 것이오. 그래, 그렇게 복수해야 해. 나는 결심했어. 자, 페닉스, 그 전에 묻겠소. 아이를 넘겨주는 것이 먼저요, 아니면 헤르미오네를 만나는 것이 먼저요?"

"물론 헤르미오네 공주를 먼저 만나셔야지요. 그분께 모든 것을 터놓고, 맹세를 교환하고……. 또……."

"알았소. 내, 약속한 것을 모두 그대로 이행할 것이오."

3

　　피로스가 헤르미오네와 결혼하기로
결심했다는 말을 들은 오레스테스는 흥분하지 않을 수 없었
다. 게다가 그 말을 자신더러 헤르미오네에게 전하라니! 헤르
미오네로부터 그리스로 함께 돌아가겠다는 언질을 받지 않았
는가! '그녀가 자신을 진정으로 사랑하건 아니건 그건 아무
문제가 아니다. 그녀와 돌아갈 수만 있다면 더 이상 바랄 게
없다'고 마음을 다잡지 않았는가! 피로스가 헤르미오네를 내
놓을 것이라고 확신하지 않았는가? 그런데 피로스가 헤르미
오네와 결혼하겠다니! 흥분한 그를 필라데스가 달랬다.

　"진정하십시오, 전하. 어쩐 일로 그렇게 흥분하십니까? 전혀 다른 분이 되신 것 같습니다. 제발 고정하시고⋯⋯."

"그만하시오. 당신 충고는 더 이상 필요 없소. 당신의 그 이성적인 말들은 이제 진저리가 나오. 도대체 이런 상태를 어디까지 끌고 가란 말이오! 이 고통을 어쩌란 말이오? 그녀를 빼앗든가, 아니면 내가 죽든가 둘 중 하나요. 결심은 서 있소. 이제 끝을 맺는 일만 남았소. 그래, 끝장을 내는 거야."

"할 수 없지요. 공주를 빼앗으셔야 한다면 그렇게 하셔야죠. 좋습니다. 하지만 신중해야 합니다. 여기가 어디지요? 전하가 그런 마음을 품으신 걸 알면 사람들이 뭐라고 할까요? 전하의 본심은 숨기셔야 합니다. 그러려면 우선 흥분부터 가라앉히셔야 합니다. 특히 공주님 앞에서는 절대로 노여움을 보이시면 안 됩니다."

필라데스는 탄식했다.

"아, 신들이시여! 어쩌다 이 지경을 만드셨습니까? 어찌 우리 전하를 이런 어려움에 빠뜨리셨습니까? 왜 우리 전하를 이렇게 정신을 잃게 만드셨습니까?"

그의 탄식을 들은 오레스테스가 말했다.

"나도 모르겠소. 내가 하는 일이 모두 내 의지대로 되지 않

앙드로마크

57

는다는 것만은 확실히 알겠소. 암튼 너무 흥분해서 나 자신을 잊고 있었던 것 같소. 하지만 그런 충격을 받고도 제정신을 잃지 않고 견딜 수 있는 인간이 도대체 어디 있겠소? 내일 당장 헤르미오네 공주를 자기 아내로 삼겠다고? 그것도 내 체면을 살려주기 위해 내 손을 통해 직접 그녀를 받겠다고? 차라리 이 손을 그 잔인한 자의 피로 적실 것을……."

"전하, 전하는 이 불행을 피로스의 탓으로 돌리십니까? 하지만 그분도 그런 결단을 내리고 가슴 아파하실 것입니다. 그분도 전하와 똑같이 동정받아야 할 것 같은데요."

"아냐, 아냐, 그자와 나는 전혀 달라요. 나는 그자를 잘 알고 있어. 그자는 내가 절망에 빠진 게 정말 기분 좋을 거야. 내가 없는 동안에는, 내가 그녀를 사랑한다는 것을 모르는 동안에는 그녀를 거들떠보지도 않았잖소. 지금에 와서 그녀를 자기 여자로 삼으려 하다니, 얼마나 잔혹한 남자요! 오로지 그녀를 내게서 빼앗겠다는 심산이 아니면 도대체 뭐란 말이요?"

이번에는 그가 고개를 들어 탄식했다.

"아, 신들이시여! 모든 것은 이미 확실하게 결정되었던 것 아닌가요? 헤르미오네는 이 손안에 들어오고 영원히 그 남자에게서는 멀어지게 되어 있었습니다. 그리움과 원망 사이에서 오락가락하던 공주의 마음은 단지 한마디, 그 남자의 거절만 있었다면 나에게 몸을 맡길 수 있었는데……. 아, 그녀가 비로소 눈을 뜨고 내 말에 귀를 기울이기 시작했는데……. 나를 불쌍하다고까지 했는데……. 그가 그녀를 싫다고 한마디만 했어도 모든 것이 다 잘되었을 것을!"

"전하, 정말 그렇게 생각하십니까?"

"그게 아니면 도대체 뭐란 말이요? 그녀는 배은망덕한 남자 때문에 분노로 불타고 있지 않았소?"

"그거야말로 공주가 그를 열렬히 사랑한다는 것을 보여준 거지요. 설령 피로스 왕이 공주를 전하께 양보했다 해도 공주께서는 이런저런 핑계를 대며 출발을 지연시켰을 거란 생각은 안 드시나요? 내 말을 믿기 어려우신가요? 그 껍데기에 불과한 미모 따위, 이제 진저리가 안 나십니까? 마음은 빼앗지 못한 채 겉모습에 넋을 잃은 전하 자신이 비참하지도 않으십니까? 전하, 그녀를 데려가려 하시지 말고 영원히 그녀에게서 도망치십시오. 왜 그렇게 고약한 여자를 떠맡으려 하시는 겁니까? 전하를 저주할 것이 뻔한데요. '결혼식을 올리기 직

전에 나를 납치하다니!'라면서 밤이고 낮이고 평생 전하를 원망할 텐데요."

"그러니까 그녀를 빼앗아 가려는 거요. 그와 결혼해서 행복해지는 꼴을 나보고 보라고? 가슴에 분노만 품은 채 나 홀로 돌아가라고? 공주와 멀리 떨어져 또다시 공주를 잊어야 한다고 아침저녁으로 되뇌어야 한단 말이오? 아니, 그럴 수 없어! 그녀도 고통스럽게 만들어야 해. 혼자 고통을 겪는 건 이제 충분해. 동정받는 것도 이제 싫증이 나. 이번에는 그 냉혹한 여자가 두려워할 차례야! 독살스러운 그 여자의 눈에서 눈물이 흐를 대로 흐르게 할 거야!"

그러자 필라데스가 다시 말했다.

"아니, 그게 대임을 맡은 그리스 사절이 해야 할 일입니까? 군주 신분으로 유괴를 하다니!"

"그게 어쨌다는 거요, 필라데스. 내 덕택에 그리스가 복수를 하고 기뻐한들 박정한 그녀의 마음이 돌아설 것 같소? 그리스에서 존경받는다 해도 이곳 에페이로스에서 웃음거리가 된다면 그것이 무슨 소용 있겠소? 도대체 나더러 어쩌라는 거요?

내 솔직히 말하겠소. 나는 내가 결백하다는 게 큰 짐이 되기 시작했소. 나는 죄 있는 자는 무사하고 죄 없는 자는 고통에 신음하는 것을 무수히 보아왔소. 이 세상에는 그 어떤 알 수 없는 부당한 힘이 있는 것을 느꼈었소. 나는 신들의 부당한 처사를 받아 이런 불행에 빠진 거요. 그렇다면, 좋소. 신들의 노여움에 알맞은 몸이 되겠소. 신들이 내게 노여움을 갖는 게 정당하다는 것을 보여주겠소. 신들이 노여워할 만한 짓을 저지르겠소.

필라데스, 나를 겨누고 있는 하늘의 노여움을 그대가 함께 떠맡을 필요 없소. 나의 스승인 그대를 내가 정말 오랫동안 괴롭혀왔소. 이제 이 불운한 남자에게서 그만 떨어지시오. 이 죄 많은 남자를 그만 버려두시오. 그대는 정에 약해서 잘못된 길을 걷고 있는 거요. 위험한 길을 걷는 것은 나 혼자로 충분하오. 그대는 헥토르의 아들을 그리스로 데려가시오. 빨리 떠나시오."

필라데스는 오레스테스를 설득할 수 없다는 것을 알았다. 그는 할 수 없이 오레스테스를 도와주기로 결심했다.

"좋습니다, 전하. 제가 헤르미오네 공주를 끌어내도록 하겠습니다. 궁전을 빠져나갈 미로들은 제가 잘 알고 있습니다. 오늘 밤 아무 탈 없이 전하의 그분을 비밀통로를 통해 전하의 배로 곧바로 옮기겠습니다."

"내가 그대의 정을 너무 남용하고 있구려. 그러나 이토록 불행한 나를 보고 용서해주시오. 나를 동정하는 사람은 오직 그대뿐이오. 사랑하던 것을 모두 잃고, 모두에게 미움받고, 자기 자신까지 증오하고 있는 이 불운한 남자를 용서해주시오."

"한 가지만 다시 다짐하십시오. 아무렇지도 않은 표정을 지으셔야 합니다. 전하, 이것만은 정말 부탁드립니다. 사전에 계획에 새어나가지 않게 조심하셔야 합니다. 헤르미오네 공주가 차가운 여자라는 것도 잊으십시오. 그녀를 사랑하고 있다는 것도 잊으십시오."

필라데스와 헤어진 오레스테스는 피로스의 말을 전하러 헤르미오네 공주에게 갔다. 필라데스의 부탁대로 침착한 표정을 지으려고 애를 쓰며 그가 공주에게 말했다.

"어떻습니까, 공주. 내가 애쓴 보람이 있어 사랑하는 사람을 당신에게 돌려보냈지요? 피로스를 내가 만났습니다. 지금

「제단 앞에서 말다툼을 벌이는 오레스테스와 필라데스 Orestes and Pylades Disputing at the Altar」

네덜란드 화가 피터르 라스트만의 1614년 작품. 트로이 전쟁에서 돌아온 미케네 왕 아가멤논은 바람난 아내 클리타임네스트와 그녀의 연인 아이기스토스에게 살해당한다. 아가멤논은 트로이 전쟁 시작 때 항해의 순풍을 빌기 위해 딸 이피게네이아를 신에게 희생물로 바쳤다. 클리타임네스트는 그 일에 앙심을 품고 있었다. 7년 후 아테네에서 돌아온 오레스테스는 누이 엘렉트라와 함께 어머니 클리타임네스트라와 아이기스토스를 죽여 아버지의 복수를 한다. 이 일로 오레스테스는 신들 앞에서 재판을 받았으나 아테나 여신의 도움으로 무죄 석방된다. 그 후 오레스테스는 아폴론 신에게서 타우리스로 가 아르테미스 상을 가져오라는 임무를 부여받는다. 이때 오레스테스는 친구 필라데스와 함께 타우리스로 간다. 그러나 두 사람은 사로잡혀 아르테미스 신전 제물로서 바쳐지는데, 놀랍게도 그 신전 여사제가 이피게네이아였다. 아르테미스 여신이 그녀를 불쌍히 여겨 사슴과 바꿔치기 했던 것이다. 이피게네이아가 자기 편지를 그리스로 전하면 살려주겠다고 하자, 오레스테스는 자신이 남겠다고 한다. 필라데스는 안 된다며 오레스테스와 말다툼을 벌였으나 이기지 못하고 편지를 건네받는다. 그런데 그 편지를 통해 이피게네이아와 오레스테스가 남매란 사실이 드러난다. 결국 세 사람은 함께 아르테미스 신상을 가지고 탈출한다.

앙드로마크

결혼식 준비가 한창입니다."

헤르미오네가 대답했다.

"나도 이미 들었습니다. 그뿐 아니라 내게 그 준비를 하라고 전하를 보내신 것도 알고 있습니다."

오레스테스는 슬쩍 헤르미오네의 마음을 떠보았다.

"혹시라도 그의 생각에 거역할 뜻은 없으신가요?"

"피로스는 정말 불성실한 사람이에요. 나는 상상도 못 했어요. 이렇게 질질 끌다 결정을 할 줄은 정말 몰랐어요. 결국은 사랑보다는 이해타산으로 움직이는 사람이에요. 나의 아름다운 눈을 보고 이런 결정을 한 게 아니에요."

오레스테스는 다시 한 번 그녀의 마음을 떠보았다.

"아닙니다, 공주. 그 사람은 당신을 사랑하고 있습니다. 당신의 그 아름다운 눈으로 못할 게 뭐가 있겠습니까?"

"아니에요. 내 눈이 움직일 수 있는 건 전하의 마음뿐이었습니다. 하지만 어쩌겠어요? 나는 다른 사람들에 의해서 그와 약혼한 거예요. 적어도 한 나라의 왕녀가 되려면 사랑 따위로 운명을 결정할 수는 없지요. 아버님의 명령에 복종한다는 영예, 그것만이 내게 남았습니다. 아, 그럼에도 불구하고 나는 이 나라를 떠나려 했는데……. 당신을 위해 의무를 저버리려 했는데…….”

“그렇습니다. 나도 이제는 짜증 나는 푸념 늘어놓으며 공주를 괴롭히지 않겠습니다. 그렇습니다. 공주는 공주의 의무대로 하십시오. 나는 더 이상 이 따위 슬픈 이야기를 당신 귀에 들려주지 않겠습니다.”

그 말과 함께 오레스테스는 물러갔다. 그가 선선히 물러나자 헤르미오네는 의아했다. 오레스테스가 저렇게 순순히 물러나다니. 헤르미오네는 하녀 클레오네에게 물었다.

“얘야, 이상하지? 크게 화를 낼 줄 알았는데 이렇게 조용히 끝내다니……. 클레오네, 네게도 그런 생각이 들지 않니?”

“저는 다만 그분이 안됐다는 생각뿐이에요. 공주님, 피로스 왕이 언제부터 공주님 결혼식 준비를 하게 되었는지 생각해보세요. 그분이 왜 마음의 결정을 하셨는지…….”

“그렇다면 너는 피로스가 두려운 마음에 그랬다고 생각하는 거구나. 아니야. 도대체 지금에 와서 그가 무엇을 두려워한단 말이냐? 그리스? 10년 동안이나 헥토르가 무서워서 도망만 다니던 그리스? 아킬레우스 님이 아니었다면 내내 배 안에 숨어 있어야만 했던 그들을?

아니야, 클레오네. 피로스 님은 자기 자신을 거역하는 짓은 하지 않는 분이야. 마음먹은 일은 무엇이든 하는 사람이야. 그가 결혼하기로 했다면 그것은 나를 사랑하기 때문이야. 그런데 오레스테스는 자기 멋대로 자기 고통을 내 탓으로 돌리고 있지 않니? 자, 그 사람 이야기는 그만하자꾸나. 우리가 그 사람 눈물 이야기나 하고 있을 필요는 없어.

그래, 피로스가 우리에게 돌아오는 거야! 클레오네, 너 내가 얼마나 행복에 들떠 있는지 알겠니? 피로스가 어떤 분인지 내가 네게 말해준 적이 있지? 그 많은 무훈들……. 누가 그걸 일일이 다 셀 수 있겠니? 어떤 적도 상대가 되지 않아. 가는 곳마다 승리가 있을 뿐이지. 어디 그뿐이니? 매력 있고, 충심 있고, 어느 것 하나 그분 명예에 부족한 게 없단다."

그녀가 기쁨에 들떠 클레오네와 이야기를 나누고 있을 때였다. 앙드로마크의 모습이 멀리서 보였다. 앙드로마크가 그녀를 만나기 위해 찾아오던 중이었다. 헤르미오네는 몸을 피하려 했다. 그러자 앙드로마크가 걸음을 재촉하여 오더니 말했다.

"어디로 그렇게 몸을 피하시나요?"

그 말에 헤르미오네는 걸음을 멈출 수밖에 없었다.

앙드로마크가 계속 말했다.

"공주님에게 더없이 좋은 광경이 되겠지요? 헥토르의 아내가 당신 무릎에 매달려 눈물 흘리는 모습이? 나는 질투심에 공주님을 찾아온 것이 아니랍니다. 내가 눈과 마음으로 갈망하던 분은 딱 한 분이었습니다. 일찍이 헥토르에게 불타올랐던 이 가슴의 불꽃, 그 불꽃은 헥토르와 함께 무덤 속에 파묻히고 말았습니다.

그러나 내게는 아들이 하나 남아 있습니다. 우리 여자들에게 아들을 사랑하는 마음이 얼마나 큰 것인지 당신도 알 날이 올 것입니다. 내 수많은 보물 중에서 오직 그 아들만 목숨을 건졌습니다. 그런데 그 아들까지 이 손에서 빼앗아 가려 합니다. 이럴 때 여자의 마음은 미칠 것만 같고 살고 싶은 생각도 사라집니다.

아, 돌이켜 보면 10년의 처참한 싸움에 지친 트로이 사람들이 당신 어머니 헬레네 님의 목숨을 위협하러 왔을 때 나는 그녀를 무사히 지켜달라고 헥토르를 설득했습니다. 내가 남편의 마음을 움직였듯이 당신도 피로스 왕의 마음을 움직이게 할 수 있습니다.

이렇게 애걸합니다. 아버지도 없는 어린아이 하나를 왜 그리 두려워하는 거지요? 사람이 다니지 않는 외딴 섬에서라도 숨어 살게 해주십시오. 나와 함께 살면서 눈물 외에는 배울 것이 없게 해줄 것입니다. 그 아이의 마음에 복수 따위는 심어주지 않을 것입니다."

헤르미오네가 앙드로마크에게 말했다.

"당신의 괴로운 마음, 충분히 이해합니다. 그러나 일단 아버님이 명령을 내리신 이상 나는 입을 다물 수밖에 없습니다. 피로스의 마음을 움직일 수 있는 사람이 당신 말고 또 누가 있겠어요? 당신의 눈길이 오랫동안 그분 마음을 지배하고 있지 않았나요? 당신이 그분 마음을 움직여 보세요. 그러면 나도 따를 테니까요, 부인."

헤르미오네는 그 말과 함께 그 자리를 떠났다. 모든 것을 앙드로마크 자신이 알아서 하라고 냉정하게 거절한 것이었다.

앙드로마크는 냉정한 헤르미오네의 태도에 절망해서 망연

히 서 있었다. 그러자 옆에 있던 앙드로마크의 하녀 세피즈가 앙드로마크에게 말했다.

"왕비님, 저 같으면 그녀의 충고에 따를 겁니다. 피로스 왕에게 부드러운 눈길 한 번만 던져주시면 모든 것이 왕비님 뜻대로 될 수 있지 않나요? 왕비님의 눈길 한 번으로 헤르미오네도 그리스도 다 끝장나는 것 아닌가요?"

그때 저 멀리 피로스와 페닉스의 모습이 보였다. 그들은 함께 헤르미오네 공주를 만나러 오고 있었다. 그들의 모습을 보자 세피즈가 앙드로마크에게 재촉했다.

"왕비님, 주저하실 필요 없어요. 어서 말씀하세요."

"저 사람은 벌써 내 아이를 넘겨주겠다고 약속해버렸어. 그런데 지금 와서……."

"아직 넘겨주지는 않았잖아요."

"아니야, 이제 늦었어. 아무리 슬퍼해도 소용없어. 그 애는 죽은 거나 다름없어."

그때 그녀들의 모습이 피로스의 눈에 띄었다.

멀리서 앙드로마크의 모습이 보이자 피로스는 그녀 귀에도 들리도록 큰소리로 페닉스에게 말했다.

"자, 그리스에 헥토르의 아들을 넘겨주러 갑시다."

그 소리를 듣자마자 앙드로마크는 몸을 내던지다시피 하며 그에게 매달렸다.

"아, 전하! 기다려주십시오. 내 아들 대신 이 어미를 넘겨주세요. 조금 전까지도 그렇게 친절하게 해주시던 말씀은 다 어디로 갔나요? 오, 신들이시여, 나는 전하의 동정심에도 매달릴 수 없단 말인가요?"

"페닉스에게 물어보시오. 이미 약속해버렸소."

"나를 위해서라면 무슨 위험도 마다치 않으시던 전하께서……. 그리스의 위협에도 눈도 깜짝 않던 전하께서……."

"그때는 내 눈이 멀었었소. 이제 나는 눈을 떴소. 그때였다면 당신 소원대로 아들 목숨을 살려줄 수 있었을 거요. 하지만 당신은 부탁조차 하지 않았소. 이제 다 결정된 일이오."

"아, 전하께서도 내가 얼마나 괴로웠는지 잘 아실 겁니다. 전하, 이 앙드로마크는 전하가 아니라면 그 어떤 군주의 무릎에도 매달리지 않으리라는 것을요!"

"아니오. 당신은 나를 증오하고 있소. 게다가 그대를 향한 내 사랑 덕분에 무엇인가 얻게 되는 것을 두려워하고 있소. 그 아들? 당신이 그토록 애를 써서 살리려 하는 그 소중한 아들? 그 아들도 내가 목숨을 구해준다면 그렇게 애지중지하지 않을 거요. 내 사랑 덕분에 얻은 거니 하찮게 보이겠지.

당신에게는 나를 향한 증오와 멸시, 그것밖에 없소. 그리스인들 전체보다 더 격렬하게 나를 증오하고 있소. 그러니, 천천히 맛보시오. 그 고상한 증오와 분노의 맛을. 자, 페닉스, 갑시다.”

그가 발걸음을 옮기려 하자 앙드로마크가 세피즈에게 몸을 돌리며 말했다.

“가자, 우리도. 내 남편이 기다리는 곳으로.”

“아, 왕비님!”

“이제 더 이상 저분께 뭘 더 애걸하라는 거냐? 이 몸의 불행은 모두 저분이 만든 것, 그걸 저렇게 모른 척하고 있지 않니?”

그녀는 다시 피로스를 향해 몸을 돌리고 말했다.

“전하, 잘 보십시오. 내가 전하 때문에 얼마나 처참한 지경에 빠져 있는가를! 나는 아버지가 죽고 성벽이 화염에 휩싸여 불타는 광경을 두 눈으로 똑바로 보았습니다. 가족 모두의 목숨이 끊어지고 남편이 피투성이가 되어 모래사장 위를 끌려다니는 모습도 똑바로 보았습니다. 그리고 이 몸과 함께 그 아들이 살아남아 포로의 쇠사슬에 묶였습니다.

하지만 아들의 힘은 정말 컸습니다. 노예의 처지도 감수하게 해주었습니다. 또한 나는 내 마음을 달래고 있었습니다. 다른 누구도 아닌 전하의 포로가 되어 이 나라로 흘러들어오게 된 건 정말 다행이었다고 감사했습니다. 일찍이 시아버님이신 프리아모스 왕이 전하의 부왕이신 아킬레우스 전하의 진영을 방문했을 때 부왕께서는 정중하게 대접해주셨습니다. 그런 분의 아들이니 우리를 친절히 대해주실 것으로 기대했었습니다. 전하는 관대하신 분이라고 생각했습니다.

그러니 전하, 내가 기대했던 관대함이 조금이라도 남아 있으시다면 우리 그이의 무덤에서 나와 내 아들이 함께 편하게 잠잘 수 있게 해주실 수는 없으신지요? 그이의 증오도, 우리의 비참한 처지도 거기에서 끝을 맺게 해주실 수는 없으신지요? 이토록 사랑하는 모자의 유해를 서로 갈라놓지 않게 해주실 수는 없으신지요?"

그녀의 말을 듣고 있던 피로스가 페닉스 쪽으로 고개를 돌렸다. 그리고 자리를 좀 피해달라는 눈짓을 했다. 페닉스가 멀찍이 떨어지자 피로스가 앙드로마크에게 말했다.

"부인, 기다리십시오. 당신이 잃어버릴까 봐 두려워하는 그 아이를 아직 돌려줄 수 있습니다. 그렇습니다. 내가 당신을 눈물 흘리게 만든다면, 그건 당신에게 이 몸을 괴롭힐 무기를 주는 것과 다름없습니다. 당신의 눈물 한 방울 한 방울이 내 마음에 상처를 입힙니다.

부인, 눈을 이쪽으로 돌리고 나를 똑바로 보십시오. 내 눈을 똑바로 보십시오. 이 눈이 재판관의 엄격한 눈입니까? 아닙니다. 부인의 아들을 그리스에 넘기려고 하는 것은 내가 아니라 바로 당신입니다.

자, 아들의 이름에 걸고 이제 서로 증오하는 짓을 그만둡시다. 그의 목숨을 구해달라고 하소연하는 것은 결국 나로군요. 도대체 눈물이라도 흘리며 제발 그 애 목숨을 구해달라고 내가 당신에게 애원해야 하나요?

자, 이것이 마지막입니다. 그 애를 구하고 우리 두 사람을 구하십시오. 내가 이미 맺은 맹세의 사슬을 끊기로, 그 어떤 큰 증오가 내 몸을 덮치더라도 받아들이기로 나는 이미 각오했습니다. 오로지 당신을 위해서입니다. 헤르미오네는 돌려보내겠습니다. 그 사람과 혼례가 예정되어 있는 신전으로 당신과 함께 가겠습니다. 그 사람을 위해 준비한 왕비의 띠는 당신의 이마에 둘리게 될 것입니다.

자, 이제 분명히 말해두겠습니다. 죽든가, 왕비의 자리에 오르든가, 둘 중 하나입니다. 나는 지난 1년 동안 당신의 냉담한 행동에 지칠 대로 지쳐서 더는 불안한 나날을 보낼 수 없습니다. 잘 생각하십시오. 나중에 데리러 오겠습니다. 그리고 신전으로 같이 갑시다. 거기서 당신 아들이 당신을 기다리고 있을 것입니다. 거기서 당신의 모습을 내게 보여주십시오. 내 말에 따르던가, 아니면 격정에 휩싸여 날뛰던가……. 그리고 보십시오. 당신을 왕비의 자리에 앉히는지, 아니면 당신이 보고 있는 앞에서 그 아이를 죽이는지……."

말을 마친 후 피로스는 페닉스와 함께 가던 길을 재촉했다.

앙드로마크와 세피즈 둘만 남자 세피즈가 말했다.

"말씀드렸지요, 왕비님? 그리스가 어떻게 나오든 간에 왕비님께서는 아직 자신의 운명을 좌지우지할 수 있다고요."

"아, 네 말을 듣고 그를 만난 게 잘못이야. 결국 이렇게 되다니! 내가 직접 그 아이에게 죽는 수밖에는 없다고 말해야 하다니!"

"왕비님, 돌아가신 주인님에 대한 절개는 그 정도면 충분합니다. 정조를 지키는 것도 도가 지나치면 오히려 죄가 되는 법입니다. 헥토르 왕께서도 왕비님의 마음이 편안하시기를 빌고 계실 것입니다."

"무슨 말이냐? 피로스 왕을 그분 뒤에 앉히려고 하는 거냐?"

"왕비님, 어린 왕자님을 생각하세요. 돌아가신 주인님의 영혼인들 그것을 부끄럽게 생각하실까요? 왕비님, 주인님의 영혼이 피로스 국왕을 경멸할 거라고 생각하십니까? 왕비님을 위해서라면, 복수에 미쳐 날뛰는 그리스인들까지 짓밟을 그분을! 아킬레우스 왕이 자기 아버지라는 것도 잊어버리고 자신이 그토록 힘들여 쌓은 무훈까지도 던져버릴 그분을!"

"그 사람이 자신을 잊는다고 해서 나까지 나를 잊으라는 거냐? 나의 그분, 헥토르의 시신이 우리 트로이 성벽 주위를 끌려다니던 그 일을 잊으라는 거냐? 부왕 전하께서 이 발밑에 쓰러져 있던 그 모습을 잊으라는 거냐? 트로이 모든 백성이 불바다 속에서 울부짖던 그 광경을 잊으라는 거냐?

한번 그려보아라. 그때의 피로스 모습을! 이글이글 타는 두 눈을 부릅뜨고 몰살당한 내 형제들 시체를 밟고 다니던 그 모습을! 온몸이 피투성이가 되어 살육을 저지르던 그 모습을! 그 끔찍스러운 생지옥 속에서 정신을 잃고 쓰러진 앙드로마크를 마음속에 그려보아라! 아, 내 어찌 그런 사람의 남편이 될 수 있단 말이냐! 아니다. 절대로 그럴 수는 없다. 어찌 내가 그 많은 죄를 지은 사람과 손을 잡을 수 있겠느냐. 제발, 우리 두 사람을 마지막 제물로 삼으라고 해라.”

“그렇다면 좋습니다. 어린 왕자님이 숨을 거두시는 모습을 보러 가시지요.”

“아, 세피즈, 또다시 내 곁에서 사람이 죽어가는 모습을 봐야 한단 말이냐? 그것도 나의 기쁨이요, 헥토르의 모습을 그대로 닮은 사랑스러운 나의 아들이 죽는 모습을? 그분이 사랑의 불꽃으로 남기고 간 아들이 죽는 모습을! 그분이 아킬레우스와의 결전을 위해 떠나는 순간 아들을 두 팔에 안고 내게 이렇게 말씀하셨지. ‘사랑하는 당신, 싸움의 승패는 신의 뜻에 달린 것, 우리가 관여할 바가 못 되오. 내 사랑의 표시로 이 아이를 남기고 가오. 내가 돌아올 수 없는 몸이 되었을 때 이 아이가 당신에게서 아버지의 모습을 볼 수 있기를 바라오. 그리고 이 아이에게 말해주오. 당신이 아버지를 얼마나 사랑했는지를.' 아, 그런데 어떻게 그 사랑스러운 아들이 피를 흘리는 것을 볼 수 있겠어!

야만스러운 왕! 나의 죄를 벌주면 그만이지 왜 그 아이를 끌어들인단 말입니까? 아, 이러고 있을 시간이 없어. 이러는 동안 그 야만스러운 남자가 내 아들을 내려치려 하고 있어. 내가 막지 않으면 그 애는 죽어. 내가 다른 곳으로 돌릴 수도 있는 칼에 그 애가 죽게 할 수는 없어. 안 돼! 절대로 그 애를 죽게 할 수 없어. 피로스를 만나야 해. 아, 하지만 안 돼! 그를 만날 수 없어! 세피즈, 부탁이다. 나 대신에 네가 가서 말해다오."

"뭐라고 말할까요, 왕비님."

"이렇게 말해라. 자식을 사랑하는 마음이 너무 강해서⋯⋯."

말을 하려다가 앙드로마크는 다시 망설였다.

"그런데 그는 정말 내 아들을 죽이려고 굳게 맘을 먹고 있는 걸까? 아무리 사랑에 미쳐 있다 해도 그렇게 잔인한 짓을 할 수 있을까?"

"지금이라도 그가 분노를 못 이겨 되돌아올지 몰라요."

"할 수 없구나! 가서 약속을 해주어라……."

"무슨 말씀을요? 왕비님의 마음을 드린다고요?"

앙드로마크가 탄식하며 말했다.

"아, 야속하구나, 세피즈! 이 마음을 주라고? 그래, 내 마음이 어디 나의 것이더냐! 오, 헛되이 재로 변한 남편! 오, 트로이 사람들! 오, 아버님! 오, 내 아들아! 너의 목숨을 건지기 위해 이 어미는 얼마나 큰 대가를 치러야 하는가! 그래 가야 해, 가야만 해!"

"어딜 말씀입니까, 왕비님."

"가야 해, 가는 거야, 남편 무덤으로. 그분의 마음을 묻고 그분의 마음에 따라야 해. 세피즈야, 잠시 나 좀 놓아줄래? 너는 어서 피로스 왕을 만나서 내 뜻을 전하고 오려무나."

세피즈는 그녀를 홀로 남겨둔 채 피로스 왕에게 기쁜 소식을 전하러 갔다.

4

　　잠시 후 세피즈가 피로스에게 앙드로마크의 말을 전하고 돌아왔다. 그녀는 기쁜 표정으로 앙드로마크에게 말했다.

　　"왕비님, 정말 잘하셨어요. 왕비님의 마음에 그런 기적을 일으킨 건 바로 헥토르 님의 힘입니다. 그분이 왕비님이 아드님과 함께 살아남으셔서 트로이를 재건하시길 간절히 바라고 계신 게 틀림없습니다. 왕비님, 이제 피로스 왕을 믿으셔야 합니다. 그분은 모든 것을 왕비님을 위해 희생할 각오가 되어 있습니다. 자신의 아버님도, 왕의 자리도, 동맹국들도 모두 희생하려 합니다.

왕비님, 그분에게서 잔인한 승리자의 모습을 지우세요. 동맹국에 대해서 그렇게 분노하고 계십니다. 어린 왕자님을 구하려고 왕비님보다 더 열의를 가지고 애쓰고 계십니다. 저를 통해 왕비님의 뜻을 전해 듣자마자 그분은 즉각 움직였습니다. 그분은 그리스인들의 습격에 대비해서 미리 당신의 호위병들을 어린 왕자님에게 붙여놓으셨습니다. 왕자님의 보호를 위해 자신의 위험 따위는 거들떠보지도 않습니다. 신전에도 모든 준비를 해놓으라고 지시하셨습니다. 이제 신전에서는 모든 준비가 다 되어 있습니다. 약속을 하셨으니 이제 그곳으로 가시는 게……."

"물론 가야겠지. 하지만 그 전에 아들의 얼굴이나 한번 보러 가자."

"왕비님, 무슨 말씀이세요. 아드님 만나는 건 급한 일이 아닌데요. 앞으로 얼마든지 보실 수 있잖아요. 앞으로는 포로로서가 아니라 왕손으로서 되살아나 자라는 것을 기쁜 마음으로 보실 수 있을 텐데."

"아니야, 지금 당장 만나러 가자. 이게 마지막이 될 텐데."

"아니, 그게 무슨 말씀이세요? 마지막이라니요?"

"아, 세피즈, 너에게까지 내 마음을 숨길 수는 없구나. 세피즈야, 너는 정말 충성스러운 사람이야. 하지만 내 마음을 진정으로 이해하고 있지는 못하구나. 세피즈, 있을 수 있는 일이니? 앙드로마크가 정조를 저버리고 남편을 배신할 수 있다고 생각하고 있었니? 그분이 지금도 이 마음속에 이렇게 살아 숨 쉬고 있는데 내가 내 몸 하나 편하라고 그럴 수 있다고 보고 있었니? 안 될 말이다. 다만 그이를 생각해서라도 그분이 남기신 아이는 무슨 수를 써서라도 살려야 한다.

세피즈야, 피로스 국왕이 나를 아내로 삼을 수만 있다면 아이를 지켜준다고 약속했지? 그래, 그걸로 충분해. 나는 그의 아내가 될 거야. 그러면 그는 내 아이를 지켜줄 거야. 피로스의 성품을 나는 잘 알고 있어. 성격은 거칠어도 정직한 사람이야. 그는 약속한 것 이상으로 해줄 사람이야. 게다가 그는 그리스인들에 대해 원한도 품고 있어. 그러니 그는 기꺼이 그 아이에게 아버지 노릇을 해줄 거야.

그래, 어차피 버려야 할 이 목숨, 피로스에게 남은 생애를 주겠다고 약속할 거야. 제단에 올라 그의 서약을 받을 거야. 그 서약으로 그를 내 아들에게 붙잡아 맬 거야. 영원한 끈으로 맺어줄 거야. 그러나 그때 나는 죽을 거야. 남편을 배신한 이 목숨, 단 한시라도 더 붙어 있지 못하게 하겠어. 그렇게 되면 나는 정조도 지키게 되고 모두에게 빚을 갚는 게 되는 거지. 피로스에게 진 빚도, 나의 아들과 남편에게 진 빚도, 나와 나의 몸에 대한 빚도 갚게 되는 거야. 세피즈, 이게 내가 생각해 낸 결백한 계략이란다. 남편이 내게 명령한 방법이란다. 나 혼자 저세상으로 가서 헥토르를 만날 방법이란다. 세피즈, 내 눈을 감게 해줄 사람은 바로 너란다."

"왕비님, 무슨 당치도 않은 말씀을! 왕비님이 그러시면 저도 따라서……."

"아니다, 그래서는 안 된다. 세피즈, 너는 내 뒤를 따르면 안 된다. 너의 손에 내 아들을 맡긴다. 나의 그 둘도 없는 보물을……. 세피즈, 나를 위해 살아온 너, 헥토르의 단 하나 남은 아들을 위해 더 살아다오. 트로이 사람들의 희망을 지킬 수 있는 사람은 오직 너뿐이란다.

피로스를 곁에서 살펴보면서 서약한 것을 꼭 지키게 해주렴. 필요하다면 내 얘기를 해주렴. 죽기 전에 신에게 맹세한 부부의 서약을 생각나게 해주렴. 그리고 내 원한도 그것으로 깨끗이 지워져버렸을 거라고 말해줘. 내가 아들을 맡긴 건 그만큼 그를 훌륭한 사람으로 생각했기 때문이라고 말해줘. 그는 의무를 다할 거야.

그리고 내 아들에게는 우리 민족의 영웅들 이야기를 들려줘. 어떻게 해서라도 선조들이 걸어간 길을 뒤따를 수 있게 해야 해. 막연한 혈통 이야기만 해주는 거로는 부족해. 그분들이 실제로 어떤 업적을 쌓았는지 구체적으로 말해줘. 특히 그 애 아버지가 쌓아 올린 위업들을 매일 이야기해줘. 그리고 틈이 나면 내 이야기를 해주어도 돼. 하지만 그 아이가 우리를 위해 복수를 꿈꾸는 짓은 절대로 못 하게 해야 해. 나는 그 아이에게 주인으로 섬길 분을 남기고 가는 거야. 선조들을 잊어서는 안 되지만 자만하지 않게 해줘. 자기가 헥토르의 피를 이어받았지만 어디까지나 마지막으로 살아남은 단 한 명에 지나지 않는다는 것을 알려줘야 해. 이 하나 남은 핏줄을 위해 나는 오늘 하루 사이에 나의 목숨도, 증오도, 애정도, 희생물도 모두 한꺼번에 바칠 거야."

"왕비님, 저는, 저는, 가슴이……."

"진정해라, 세피즈. 대사를 앞두고 마음이 흔들려서는 안 돼.

눈물을 억제해야 한다. 알고 있겠지? 잊어서는 안 된다. 앙드로 마크의 운명은 오로지 너의 충성심에 달려 있다는 것을."

피로스가 앙드로마크와 결혼한다는 소식을 헤르미오네도 들었다. 그러나 그녀는 놀랍도록 침착했다. 그는 단지 오레스테스를 불러오라고 클레오네에게 지시했을 뿐이었다. 클레오네의 전갈을 받은 오레스테스가 당장 달려왔다.

공주를 보자 그가 말했다.

"공주, 공주가 나를 찾은 것이 정말입니까? 정말로 나를 만나고 싶다고 생각하신 겁니까? 공주님 눈빛도 이전과 다르시군요. 그 냉담한 눈길을 버리셨군요."

"전하, 알고 싶습니다. 나를 여전히 사랑하고 계신가요? 이나를."

"사랑하고 있느냐고요? 아, 그걸 말이라고 하는 건가요? 이제는 만나지 말아야지, 수없이 속으로 맹세했다가 또 수없이 깨버린 나인데! 공주 곁을 도망쳤다가는 다시 돌아오고, 우러러보다가는 또 욕설을 퍼붓던 나인데! 절망에 빠져 두 눈에 눈물이 마를 틈조차 없던 나인데! 도대체 어떻게 더 보여줘야 한다는 건가요?"

"내 원한을 풀어주세요. 그러면 전하, 전하가 나를 사랑하
신다는 것을 정말로 믿겠어요."

"좋습니다, 공주. 다시 한 번 그리스 전체가 증오에 휩싸이
게 하겠습니다. 이 나라를 제2의 트로이로 만들겠습니다. 공
주님, 나와 함께 그리스로 떠나시지요. 나는 모든 준비가 되어
있습니다."

"아니에요, 전하. 우리는 남아 있어야 해요. 우리가 스스로
적을 응징해야 해요. 우리에게 모욕을 준 자를 남들 손에 한가
롭게 넘길 수 없어요. 남들이 복수해주는 것을 구경만 하고 있
을 수는 없어요. 승패를 알 수 없는 전쟁에 복수를 내맡기고
있으라고요? 원수를 갚아준다는 보장도 없는데요! 나는 이곳
을 떠나기 전에 에페이로스 전 국토를 슬픔의 도가니로 만들
어놓고 말겠어요. 원한을 풀어주세요. 지금 당장 풀어주세요.
조금이라도 시간을 끄신다면 거절의 표시로 받아들이겠어요.
자, 급히 신전으로 달려가서 거기를 피바다로……."

"누구를 말입니까?"

"피로스를."

그러자 오레스테스가 눈이 휘둥그레져서 되물었다.

"피로스를?"

"아, 벌써 흔들리고 있군요. 당신의 증오심은 어디로 갔나요? 그렇다면 빨리 떠나세요. 피로스를 용서하고 떠나세요."

"내가 피로스를 용서한다고요? 그 남자를 사모하는 공주의 마음, 그가 저지른 죄들이 이렇게 이 가슴속에 깊이 새겨져 있는데……. 좋습니다. 공주와 나의 원한을 풉시다. 하지만 공주가 말한 방법으로는 안 됩니다. 내가 암살자의 오명을 쓸 수는 없습니다. 당당하게 싸워서 이 나라를 정복하고 왕을 파멸시키는 겁니다.

생각해보십시오. 임무의 결과가 이거라며 피로스의 목을 그리스에 내밀 수 있겠습니까? 나라 전체의 사명을 띠고 있는 몸으로 암살밖에 방법이 없었다고 말할 수 있겠습니까? 더욱이 그리스가 원한 건 그의 목이 아닌데요.

신들의 이름을 걸고 부탁합니다. 제발 좀 기다려주십시오. 그리스에는 그리스의 생각이 있습니다. 피로스가 모든 사람의 원한을 사서 죽을 때까지 기다려주십시오. 공주, 잊으면 안 됩니다. 그도 지배자입니다. 머리에 왕관을 쓰고 있습니다. 왕을 암살한다는 건⋯⋯."

"전하, 내가 그 남자에게 죽음의 형벌을 내리는 것만으로 전하에게는 충분하지 않나요? 그를 죽이면 헤르미오네가 보상으로 주어진다는 것만으로도 충분하지 않나요? 이제 와서 숨길 것도 없어요. 그 배은망덕한 남자가 싫지 않을 때도 있었어요. 그것이 내 사랑 때문이었건, 아버님의 명령 때문이었건 그건 하나도 중요하지 않아요. 전하, 이것 하나만 명심해두세요. 나는 모욕과 천대 끝에 배신을 당했어요. 그가 저지른 짓을 끔찍이 혐오해요. 하지만 전하, 그가 살아 있는 한 나는 그 사람을 용서할지도 몰라요. 내 마음은 나도 몰라요. 지금은 그가 죽기를 바라며 분노에 떨고 있지만 언제 그 분노가 가라앉을지 몰라요. 오늘 그가 죽지 않는다면 내일 그를 사랑하게 될지 몰라요."

오레스테스는 입술을 굳게 깨물었다.

"좋습니다. 없애버리겠습니다. 당신이 그를 용서하기 전에 손을 쓸 겁니다. 반드시 그를⋯⋯. 하지만 어떻게 하면 되는 겁니까? 어떻게 하면 당신의 분노를 덜어드릴 수 있는 겁니까? 어디로 가서 그 남자를 쓰러뜨리란 말씀입니까? 이제 막

에페이로스에 도착한 나에게, 나 혼자 손으로 한 나라를 전복시키는 큰일을 부탁하고 계십니다. 국왕을 죽이라고 명령하면서 준비할 시간은 눈곱만큼도 주시지 않다니! 하지만 좋습니다. 하겠습니다. 어떻게 그를 죽일지 그 방법은 내가 찾아보겠습니다. 내게 맡겨주십시오. 나는 우선 그의 피로 물들일 장소를 찾아서 확인해두겠습니다. 오늘 밤, 말씀대로 하겠습니다."

그러자 헤르미오네가 다시 그를 부추겼다.

"오늘 밤이면 너무 늦어요. 해가 중천에 떠 있는 사이, 그 남자는 앙드로마크를 자신의 아내로 삼게 돼요. 내가 받은 치욕은 지워지지 않게 돼요. 그 남자의 죄도 마무리되어버리지요. 도대체 뭘 망설이고 계세요? 그가 이미 목을 내밀고 있잖아요? 호위병도 무기도 없이 그는 신전으로 갈 거예요. 호위병은 모두 헥토르 아들 주변에만 있을 거예요. 그는 내 원한을 풀어줄 사람 품에 스스로 뛰어드는 거예요. 전하, 수행해 온 그리스인들과 내 부하 모두에게 무기를 들게 하세요.

그 남자는 나를 배신하고, 당신을 속이고, 우리 모두를 경멸하고 있어요. 게다가 그리스 병사들과 내 부하들 모두 우리만큼 그를 증오하고 있어요. 트로이 여자를 아내로 삼는 그를 마지못해 참고 있을 뿐이에요. 그러니 명령만 내리시면 돼요. 모두 그자에게 덤벼들어 목을 치는 광경을 보고만 계시면 돼요. 전하는 그들의 증오심을 불러일으키고 뒤만 따르시면 돼요. 자, 신성한 맹세를 저버린 남자의 피로 온몸을 적시고 돌아오세요. 그러면 이 마음은 당신 것이 될 것입니다."

하지만 오레스테스는 망설였다.

"그러나, 공주……."

오레스테스가 말을 시작하기도 전에 헤르미오네가 그의 말을 끊었다.

"됐어요! 또 쓸데없는 잔소리를! 이제 알겠어요. 당신은 항상 불평만 늘어놓는 사람이라는 것을. 아무짝에도 쓸모없는 사람이라는 것을. 이 마음을 사로잡을 방법을 가르쳐주고 있는 데도 딴 소리나 늘어놓다니! 내가 직접 하겠어요. 신전에 나 혼자 갈 겁니다. 내가 그를 단숨에 찌르겠어요. 지금까지 움직일 수 없었던 그 사람의 마음을 찌르겠어요. 그러고 나서 피투성이가 된 손으로 나를 찌르겠어요. 그래요, 나는 억지로라도 그 사람과 나의 운명을 묶어놓겠어요. 그 사람이 아무리 정을 모르는 사람이라 해도 그 사람과 함께 죽는 게 당신과 함께 사는 것보다는 기쁜 일이니까요."

마침내 오레스테스가 결심을 굳혔다.

"안 되오. 절대로 공주가 그런 저주스러운 기쁨을 맛보게 할 수는 없소. 그자는 반드시 이 오레스테스의 손에 죽어야 하오. 그는 당신의 적이니 내 손으로 없애야 하오."

그러자 헤르미오네가 그를 재촉했다.

"자, 급히 서두르세요. 당신의 운명은 나에게 맡겨주세요. 그리고 우리 함께 떠날 배를 준비해주세요."

오레스테스가 밖으로 나가자 클레오네가 헤르미오네에게 말했다.

"공주님, 스스로 파멸의 길을 초래하시다니요. 좀 깊이 생각해보셔야 해요."

공주가 단호한 표정으로 답했다.

"파멸의 길을 걷든 아니든 내가 생각하는 것은 오직 하나, 복수뿐이다. 아, 하지만 나의 복수를 남의 손에 맡기는 게 옳은지 정말 모르겠구나. 그래, 그가 죽어가면서 나의 복수 때문에 죽는다는 것을 알게 해야 해. 그에게 쓰라린 원한을 맛보게 해야 해. 클레오네, 빨리 오레스테스 님에게 가서 전해라. 그 남자에게 죽기 전에 알려주라고 해라. 오레스테스가 그를 죽이는 것은 나 헤르미오네가 그를 증오하기 때문이지 국가를 위해서가 아니라는 것을 똑똑히 전해주라고 해라. 클레오네, 서둘러. 그 남자가 나 때문에 죽는다는 걸 모르고 죽는다면 나의 복수는 수포로 돌아가는 거야."

헤르미오네의 분부대로 밖으로 나가려던 클레오네의 낯빛이 변했다. 멀리서 피로스의 모습이 보였던 것이다. 뜻밖이었다. 헤르미오네는 클레오네에게 빨리 나가라고 손짓했다. 그녀가 밖으로 나가자 피로스가 페닉스와 함께 방으로 들어섰다.

방으로 들어선 피로스가 헤르미오네에게 말했다.

"공주, 내가 공주 앞에 나타나리라고는 예상 못 하셨죠. 내가 공주를 찾아온 것은 쓸데없는 거짓말이나 늘어놓기 위해서가 아닙니다. 내 잘못을 감추기 위해서도 아닙니다. 입 밖으로 내지 않고 있지만 스스로도 내 행동을 책망하고 있습니다. 그것으로 충분합니다. 마음에도 없는 걸 사실이라고 내세우는 짓을 나는 절대로 못합니다.

공주, 나는 트로이 여자를 아내로 맞이합니다. 공주, 나는 잘 알고 있습니다. 지금 그 여자에게 하려는 맹세를 일찍이 당신에게 하기로 약속했다는 것을. 트로이 전쟁터에서 양가 부모님이 우리 혼담을 결정하셨지요. 나는 내 의견이나 당신 생각과 상관없이 혼담이 결정되었다고 불평하지 않았고 지금도 불평하지 않습니다. 사랑하지 않으면서 맺어지게 되었다고 생각하지 않았고 그렇게 말하지도 않을 것입니다. 나는 일단 동의한 이상 책임을 져야만 했고 그래야 합니다.

당신이 이곳 에페이로스에 온 이래로, 나는 오직 당신에게만 충실하려고 했습니다. 나는 당신을 왕비로서 맞이했습니다. 이미 내 마음이 다른 여자의 눈길에 사로잡혀 있었지만 그 사랑을 억누르려 했습니다. 그런데 그 사랑이 승리를 거두고 말았습니다. 그 저주스러운 사랑의 힘 때문에 내 마음을 앙드로마크에게 빼앗기고 말았습니다. 그래서는 안 된다는 것을 알면서도 이제 우리는 불멸의 사랑을 맹세하는 지경까지 이르렀습니다. 이게 전부입니다, 공주.

공주, 이 배신자에게 마음껏 욕설을 퍼부어주십시오. 공주를 배신한다는 것이 마음 아프지만 나 스스로 원해서 한 일입니다. 나에게 분노를 터뜨리는 것이 당연하며 그것을 막을 생각도 없습니다. 나를 욕해서 공주 마음이 후련해질 수 있다면 내 마음도 가벼워질 것입니다. 맹세를 깼으니 당연한 일입니다. 어떤 욕설이라도 좋습니다. 내가 두려워하는 것은 공주가 가만히 침묵을 지키는 것입니다. 차라리 모욕을 받는 게 낫습니다."

"전하, 꾸밈없이 솔직한 마음을 털어놓으시니 감사하게 생각합니다. 자신의 잘못도 솔직하게 인정하셨고……. 신 앞에서 서약한 맹세를 깨끗이 지워버리고 스스로 죄인이 되려 하는 전하의 모습도 확실히 알았고요……. 전하는 정복자니 약속을 지켜야 한다는 쓸데없는 멍에에 얽매일 필요도 없겠지요. 하지만 전하, 전하는 자신이 저지른 배신을 마음속으로 즐기고 계시군요. 그걸 자랑하려고 나를 만나러 오신 거고요. 전하, 정말 어이가 없군요! 서약이나 의무 따위는 아랑곳하지 않고 트로이 여자 애인 노릇을 하더니, 또 이렇게 그리스 여자의 마음까지 탐하시다니!

나를 버리는가 하면 또 붙잡고, 또다시 헬레네의 딸을 떠나 죽은 헥토르의 아내 품으로 돌아가고. 한 나라의 왕녀와 그런 노예 여자를 교대로 왕비의 자리에 앉히려 하다니! 트로이를

앙드로마크

93

그리스의 희생물로 삼는가 하면 헥토르의 아들을 위해 그리
스를 희생시키려 하다니!

참, 훌륭하십니다, 전하. 마음이 시키는 대로 행동하시니!
맹세 따위의 노예는 절대로 되지 않으시니! 당신 신부 마음에
들기 위해서는 서약을 어긴 남자, 배신자라는 이름을 당신에
게 수없이 퍼부어야 하겠군요. 그 부드러운 이름을 당신에게
씌워주어야 하겠군요. 여기까지 오신 것도 그 여자의 품에 안
겨서, 내가 괴로워하는 모습을 비웃어주려는 심산에서였겠죠.
승리에 도취한 그녀의 마차 뒤를 따라가며 눈물 흘리는 초라
한 나를 구경거리로 삼고 싶어서겠죠.

그렇지만, 전하, 전하에게 하루 사이에 그런 많은 기쁨을 드
리고 싶지 않아요. 나는 당신을 용서하겠어요. 이미 목숨이 간
당간당하는 헥토르의 아버지를 용감하게 죽인 게 바로 당신
이지요. 트로이를 피바다에 잠기게 한 것도 당신이지요. 그 손
으로 트로이 왕비의 목을 칼로 잘라버렸지요. 그 잔인함에 옆
에 있던 그리스 군대까지도 눈을 가렸다고 하더군요. 그토록
훌륭한 행동을 하신 분이 이제 와서 무슨 짓을 하든 용서받지
않을 리 있겠어요?"

"내가 잔인했던 것은 사실입니다. 하지만 그때 나는 당신의 어머니 헬레네가 당한 일 때문에 커다란 분노에 휩싸여 있었습니다. 어쨌든 나는, 과거는 잊기로 작정했습니다.

나는 지금 하늘에 감사드리고 있습니다. 당신이 이렇게 차분하니 내가 저지른 짓이 조금도 죄가 되지 않는다는 것을 알았습니다. 내가 그렇게 내 마음을 괴롭힐 이유가 없었음을 알았습니다. 내가 후회하면 할수록 당신에게는 모욕이 되겠군요. 나를 사랑의 쇠사슬로 묶어두겠다는 생각이 당신에게는 애당초 없었으니……. 그런데도 나는 당신을 배신하는 것이 아닌지 두려워했으니……. 우리 두 사람은 끊을래야 끊을 수 없는 인연은 아니었나 봅니다. 당신이나 나나 각자 자신의 의무에 복종했을 뿐입니다. 당신에게는 나를 사랑해야 할 이유가 하나도 없었던 셈입니다."

"당신을 조금도 사랑하지 않았다고요? 그런 잔인한 말을 하다니! 그렇다면 내가 지금까지 당신에게 해온 것은 도대체 뭐란 말인가요? 수많은 왕의 청혼을 뿌리치고 이 먼 나라까지 당신을 찾아온 건 도대체 무엇 때문이지요? 당신이 그 여자를 사랑하는 배신을 저질렀는데도 많은 사람의 비웃음을 참으며 이렇게 여기 머문 것은 도대체 무엇 때문이지요? 머지않아 당신이 당신의 의무를 되찾고 당연히 이 몸의 것이었어야 할 그 마음을 내게 돌려주리라고 믿었기 때문 아닌가요?

　나는 변심한 당신을 여전히 사랑했어요. 그리고 지금 잔인한 말들로 내게 파멸을 선고하는 이 순간에도 당신을 사랑하지 않는다고 분명하게 말할 수가 없어요. 그러나 전하, 꼭 그래야만 한다면, 저 하늘의 뜻이 그렇다면 결혼식을 올리세요. 나도 동의해요. 하지만 내게 그 결혼식에 참석하라는 말은 하지 마세요. 이게 마지막 작별 인사가 될지 모르겠습니다.

　전하, 한시바삐 트로이 여자를 만나고 싶으시죠? 이제 더이상 붙들지 않겠어요. 빨리 여기서 나가주세요. 가서 그 여자에게 약속하세요. 그전에 내게 했던 그 맹세들, 깨서는 안 될 그 말들을 그 여자에게 들려주세요. 정의를 사랑하는 신들이 설마 잊지는 않았겠지? 그녀와 하게 될 서약 때문에 나와 당신이 하나로 맺어져 있었다는 것을……. 자, 나를 저버린 그 마음을 제단 밑으로 가져가세요."

　피로스는 서슬 퍼런 그녀의 말에 제대로 작별 인사도 못 하고 물러나왔다. 밖으로 나오자 페닉스가 피로스에게 경고했다.

"전하, 들으셨지요? 방심은 금물입니다. 공주가 사랑에 미쳐 복수의 기회를 노리고 있습니다. 여기에는 공주 편 사람들이 아주 많습니다. 그리고 오레스테스 전하는 아직 공주를 사랑하고 있습니다. 그 때문이라면 무슨 짓이든……."

"잘 알겠소. 어쨌든 앙드로마크가 나를 기다리고 있소. 페닉스, 어린아이를 부탁하오."

5

　　　　　홀로 남은 헤르미오네는 안절부절못
하고 있었다. 방 안을 서성이며 그녀는 괴로워했다.

'여기가 도대체 어디야? 내가 무슨 짓을 저지른 거야? 내
가 도대체 어떻게 해야 하지? 아, 나는 나를 잃어버리고 말았
어. 왜 이렇게 미칠 것 같지? 왜 가슴이 찢어질 듯이 불안한
거지? 아, 나는 사랑하고 있는 건가, 증오하고 있는 건가? 왜
그것조차 분간할 수 없단 말인가?

잔인한 남자, 나에게 돌아가라고 말할 때의 그 눈빛! 동정
심을 보이지도 않다니! 자신도 괴롭다는 말 한마디 안 하다
니! 단 한 순간도 후회나 연민의 모습을 보이지 않다니! 아,

단 한마디라도 좋아. 그 남자의 입에서 쓰라린 신음이라도 들을 수 있다면! 가슴 아파하는 나의 사랑에는 아무 대꾸도 없던 그 남자, 괴로워하는 내 모습을 보고도 태연하기만 했던 그 남자! 그가 나의 눈물을 함께 나누려는 기색을 보인 적이 있었던가? 그런데도 나는 아직 그 남자를 불쌍해하고 있다니! 비열하게도 그 사람의 신변을 걱정하고 있다니! 그 사람에게 닥칠 위험을 생각만 해도 이렇게 몸이 떨리다니! 비로소 원한을 풀게 된 이 마당에 와서 용서할 마음이 들다니!

안 돼! 절대로 취소할 수 없어. 죽여 없애야 해. 내게는 결국 죽은 거와 다름없는 남자 아닌가? 파렴치한 그 남자는 지금 나를 한껏 비웃고 있겠지. 아니, 그렇지도 않을 거야. 기쁨에 젖어 내 생각은 하지도 않을 거야. 배은망덕한 사람! 나를 이런 끔찍한 지경에 몰아넣다니! 그래, 마지막 한고비만 넘기면 돼. 오레스테스가 손쓰기를 기다려야 해. 그는 죽어야 해. 이런 끔찍한 생각을 하게 만든 건 바로 그 남자 자신이니까!'

하지만 그것도 잠시였다. 그녀는 다시 괴로움에 휩싸였다.

'아, 그가 죽기를 바란다고? 내가 그를 죽이라고 명령한 건가? 그 사람의 죽음이 헤르미오네의 사랑의 결말이라는 건가? 내가 그토록 사랑했던 그 남자를 내가 죽이라고 명령한 건가? 먼바다를 건너고 그 많은 나라를 지나 이곳에 온 것이 한낱 그의 무덤을 파기 위해서란 말인가? 그를 무참하게 죽이기 위해서란 말인가? 아, 안 돼! 그의 목숨이 끊어지기 전에 빨리……'

그녀가 안절부절못하고 있을 때 클레오네가 방으로 뛰어들어왔다.

"오, 클레오네! 무슨 소식을 가져온 거니? 피로스는 어떻게 됐니?"

"소원이 성취되어 하늘에라도 올라갈 기세였습니다. 눈은 기쁨과 희망으로 가득 차 있었으며 그 여자를 바라보며 황홀해하고 있었습니다."

"앙드로마크는?"

"기뻐하는 모습도, 슬퍼하는 표정도 없이 그저 명령에만 따르는 것처럼 보였습니다."

"그래, 그가 기쁨에만 들떠 있었다고? 단 한순간이라도 얼굴을 붉히는 기색이 없더란 말이냐? 맹세를 깨뜨린 데 대해 부끄러워하는 기색도 없었어?"

"공주님, 그분의 눈에는 아무것도 들어오지 않았습니다. 자신의 안전도 왕의 명예도……. 자기 뒤에 누가 따라오는지, 적인지 부하인지도 생각하지 않고 오로지 사랑만을 생각하는 것 같았습니다. 헥토르 아들 주변에만 호위병을 배치하고는 페닉스를 시켜 이 궁전에서 멀리 떨어진 성채로 데리고 갔습니다."

"배신자, 살려둘 수 없어. 그런데 오레스테스는 보았어?"

"그리스 사람들을 데리고 신전으로 갔습니다."

"복수는 했느냐?"

"그건 아직 잘 모르겠습니다."

"모르겠다니! 설마 오레스테스마저 배신을!"

"아무튼, 그분은 신전 안으로 들어갔습니다. 암살하러 들어가셨는지 구경꾼으로 들어가셨는지는 잘 모르겠습니다. 아마 양심의 가책으로 흔들리고 계실 것입니다. 왕의 암살자가 된다는 게 두려우실 것입니다."

"그래, 그럴 거야. 두 사람이 사랑의 승리에 도취해 있는 모습을 그냥 보고만 있겠지. 그 비겁한 자는 죽음을 두려워하고 있을 거야. 그래, 그렇다면 좋아. 내가 나의 복수를 마무리 짓겠다. 고통으로 울부짖는 소리가 신전 안에 울려 퍼지게 하겠다. 나도 죽는다. 나의 죽음이 나의 원한을 풀 수 있게 하겠다. 하지만 나 혼자서는 죽지 않는다."

바로 그때였다. 오레스테스가 안으로 뛰어 들어왔다. 그가 들어오자마자 공주에게 말했다.

"공주, 드디어 해치웠습니다. 이제 소원이 이루어졌습니다. 피로스는 제단 밑에서 배신자의 생애를 끝마쳤습니다."

그러자 헤르미오네가 소리쳤다.

"뭐라고요? 그 사람이 죽었다고요?"

"죽었습니다. 그리스 사람들이 그의 배신행위를 응징했습니다. 나는 망설이기는 했지만 공주와 한 약속을 생각하고 신전으로 달려갔습니다. 사방을 둘러보니 곳곳에 숨겨놓은 우리 편 병사들이 이미 군중을 헤치며 제단 가까이 다가가고 있었습니다. 그러자 피로스가 왕관을 들더니 앙드로마크의 머리에 씌우며 말했습니다.

'앙드로마크, 나의 마음과 나의 왕관을 그대에게 바치오. 에페이로스와 나의 몸을 지배하시오, 아드님에게는 아버지로서

피로스를 죽이는 오레스테스

기원전 79년 고대 로마 폼페이 '마르쿠스 루크레티우스 프론토의 집' 프레스코 벽화. 헤르미오네가 보는
앞에서 피로스를 살해하는 오레스테스를 묘사했다. 라신이 『앙드로마크』를 쓸 때 참조한 고대 아테네 시
인 에우리피데스의 비극 『안드로마케』 속 이야기에 따른 그림이다. 이 시점에서 헤르미오네가 보이는 말
과 행동은 『앙드로마크』의 최고 장면 중 하나다. 그녀는 자신이 죽이라고 해놓고 "누가 죽이라고 말했
어?"라고 오레스테스에게 다그친다. 라신은 내면의 갈등이 감당하기 힘들어져 결국 성격 파탄에 이르는
인물을 생생하게 창조해냈다.

앙드로마크

애정을 바칠 것이오. 하늘에 계신 신에게 맹세하오. 그대 아드 님의 적은 이제 모두 나의 적임을 선포하겠소. 그를 트로이의 왕으로 인정하겠소.'

바로 그때 우리 편 병사들이 들고일어났습니다. 일은 아주 쉬웠습니다. 호위병이 하나도 없었기 때문입니다. 그는 저항 했지만 금방 그 자리에 쓰러지고 말았습니다. 나는 공포에 떨 고 있는 군중을 헤치고 공주에게 달려온 것입니다. 자, 함께 항구로 갑시다. 우리 편 사람들을 거기서 만나기로 약속해놓 았습니다."

그런데 헤르미오네가 뜻밖의 반응을 보였다. 그녀는 소리 를 질렀다.

"오, 그런 짓을! 어떻게 그런 짓을!"

그러자 오레스테스가 대답했다.

"용서해주십시오. 우리 병사들이 좀 성급하긴 했습니다. 내 가 그를 직접 죽이고 오로지 당신 때문에 죽는다는 것을 뼈저 리게 느끼게 해주었어야 하는 건데……. 하지만 공주, 이 죽 음은 당신에게 바쳐진 것이니 마땅히 기뻐할 일입니다. 그들 은 당신의 명령을 따르고 당신의 소원을 들어준 것입니다. 그들은 당신의 명령을 실행한 데 불과합니다. 그러니 공주께서……."

헤르미오네는 거의 정신이 나가서 소리쳤다.

"닥치세요, 수치심도 없는 사람 같으니! 비열하게 국왕을 죽이고 다른 사람에게 죄를 뒤집어씌우다니! 자, 빨리 그리스로 돌아가세요. 나 때문이라는 말은 입 밖에 꺼내지도 마세요. 당신 얼굴은 보기도 싫으니 어서 돌아가세요. 이, 피도 눈물도 없는 남자! 그런 엄청난 일을 저지르다니! 그대가 얼마나 분노에 휩싸여 있었기에 그 훌륭한 분의 목숨을 그렇게 무참히 끊어놓을 수 있었단 말인가! 잔인한 사람들! 오늘 그분을 살해하고도 조금도 무섭지 않단 말인가! 왜 그분을 암살했지? 무슨 권리가 있다고? 누가 죽이라고 말했어?"

오레스테스는 어안이 벙벙했다.

"오, 신들이시여! 어떻게 이럴 수가 있단 말입니까? 그녀 자신이 그를 죽이라고 명령한 것을 신들 모두 알고 계시지 않습니까?"

"아니, 당신! 사랑에 미쳐 있는 여자 말을 곧이곧대로 들었단 말이에요? 내 말을 듣기보다는 내 마음을 읽어야 하는 것 아니에요? 여자가 앞뒤 못 가리게 흥분하면 마음속 생각과는 정반대인 짓을 하게 된다는 것도 몰랐단 말이에요? 내가 말한다고 그대로 따라야 했어요? 일을 저지르기 전에 다시 내 마음을 물으러 왔어야 하는 거 아니에요? 아, 왜 복수를 내 손에 맡기지 않았어요? 보세요. 이게 바로 당신 사랑의 결말이에요. 그만 떠나세요. 나는 에페이로스에 남겠어요. 그리스도, 스파르타도, 나의 혈족 모두도 작별이에요. 그래, 이제는 다 버릴 거야. 당신과 같은 배신자, 괴물을 태어나게 한 혈족 따위는 다 버릴 거예요."

말을 마친 그녀는 휑하니 밖으로 나가버렸다.

오레스테스는 어안이 벙벙할 수밖에 없었다. 그는 멍하니 그 자리에 서서 속으로 울부짖었다.

'도대체 내가 본 것을, 내가 들은 것을 믿으란 말인가! 저것이 정말 헤르미오네란 말인가! 내가 지금 누구를 위해 피를 흘리고 온 것인가! 내가 배신자고 살인자라고? 정말 죽은 게 피로스인가? 나는 정녕 오레스테스인가? 아, 나는 무슨 짓을 저지른 것인가? 내 안의 이성을 몽땅 지우고 경애하는 국왕을 암살했다. 하루아침에 군주로서 권위도, 한 나라 대사로서 권위도, 사람으로서 권위도 몽땅 잃고 말았다. 그뿐인가! 성스러운 제단을 피로 물들였다. 나는 국왕 시해자, 암살자면서 신까지 모독하는 자로 전락했다. 도대체 누구를 위해서인가? 바로 저 박정한 여자를 위해서였다. 그런데 그 소원을 풀어주자마자 그의 피를 돌려달라고, 그를 살려놓으라고 아우성을 치다니! 그녀는 그자를 끝까지 사랑하고 있었던 것이다! 나는 한낱 미친 괴물일 뿐이다. 그녀가 내게 남긴 보상이 그녀의 마음에 들려고 떠맡은 온갖 더러운 죄목뿐이라니!'

그는 분노와 자책에 몸을 떨었다.

그때 필라데스와 부하 병사들이 나타났다. 오레스테스를 보자마자 필라데스가 말했다.

"전하, 여기서 뭐 하고 계십니까? 빨리 이 궁전을 빠져나가야 합니다. 당장은 우리 편 병사들이 성문을 지키고 있습니다. 하지만 이곳 병사들이 무기를 들고 우리 뒤를 쫓고 있습니다. 그들은 모두 앙드로마크의 지휘를 따르고 있습니다. 그들은 그녀를 여왕으로 받들고 우리를 적으로 돌리고 있습니다. 그녀는 피로스를 그토록 혐오했건만 이제는 아내로서 임무를 충실히 수행하고 있습니다. 병사들에게 남편의 원수를 갚으라고 명령하고 있습니다. 트로이의 원수, 헥토르의 원수를 갚으려는 속셈이겠지요.

자, 떠나셔야 합니다. 망설이다가는 포위당합니다. 그들은 지금 잠시 발이 묶여 있습니다. 헤르미오네를 둘러싸고 있기 때문입니다. 자, 이쪽으로 가시지요. 안전할 때 탈출해야 합니다."

그러자 오레스테스가 고개를 가로저었다.

"아니다. 나는 안 간다. 친구들, 나는 헤르미오네를 따라가겠다. 그녀에게 그런 마지막 선고를 듣고 어떻게 살아가겠는가! 너희는 떠나라. 나는 죄를 지은 사람이다. 이제부터 그 대가를 치르러 간다."

"헤르미오네를 따른다고요? 전하, 그 여자는 잊으셔야 합니다. 도대체 무슨 말씀을 하시는 겁니까? 언제까지 그 미치광이의 앞잡이가 되고 노예가 되시려는 겁니까? 끝까지 그녀의 상대가 되려고 하시는 겁니까? 전하, 그녀가 죽었다고 해서 전하까지 죽어야 하는 법이 어디 있습니까?"

"뭐야? 그녀가 죽었다고? 오, 신들이시여, 내 귀가 지금 제대로 뚫려 있는 것입니까?"

"아니, 아직 모르셨습니까? 여기 오는 도중 그녀와 마주쳤습니다. 정신 나간 사람처럼 신전을 향해 달려가고 있었지요. 우리는 그녀를 뒤로하고 궁정으로 왔습니다. 그녀는 곧 피로스의 유해를 든 병사들과 마주쳤습니다. 우리는 성문 위에서 살펴보았지요. 피로스의 시신을 보고 그녀는 분노에 치를 떨더군요. 그러더니 단검을 손에 들고 피로스 시신 곁으로 갔습니다. 그녀는 얼굴을 들어 하늘을 우러러보더니 순식간에 자기 가슴을 찌르고 그 자리에 쓰러졌습니다."

"오, 언제나 내가 놀랄 수밖에 없는 불행을 가져오는 신들이시여! 당신들에게 감사한다. 하늘이여, 당신에게 아낌없는 찬사를 보낸다. 끝끝내 나를 붙잡고 놓아주지 않는 당신의 끈기에! 집요하게 나를 죄에 빠뜨리고 숨 쉴 틈도 주지 않는구나. 나는 당신의 분노가 되기 위해 태어난 것인가! 완벽한 불행이 어떤 것인가를 보여주기 위해 태어난 것인가! 그렇다면 좋다. 나는 만족하며 죽어갈 것이다. 나의 운명을 완벽하게 성취하기 위해, 내게 주어진 불행을 완성하기 위해……. 죽은 연인들은 어디 있는가? 마지막을 장식하기 위해 그 두 사람의 피 속에 내 피를 섞겠다. 그 두 사람의 얼굴 하나하나를 내 죽음의 문턱에서 자세히 바라보겠다. 이 세상에서 끝내 결합할 수 없었던 세 마음을 하나로 결합하겠다."

그때 갑자기 오레스테스의 눈빛이 이상해졌다. 그는 횡설수설하기 시작했다.

"아, 어찌 된 거냐. 갑자기 짙은 어둠이 나를 감싸는구나. 출구는 어디냐? 춥다. 왜 이렇게 몸이 떨리느냐? 온몸을 조여오는 이 공포는 무엇이냐? 아, 이제 어렴풋이 보이기 시작한다. 근데 이게 무엇이냐? 내 주위로 피의 바다가 흘러가는구나. 이게 누구야? 오, 피로스! 그대를 또 만나다니! 다시 만나고 싶지 않은 연적을 자꾸 만나다니. 그렇게 온몸을 무자비하게 찔렀는데 어떻게 빠져나올 수 있었던 거지? 자, 이 칼을 받아라.

아니, 그런데 이게 누구야? 헤르미오네가 그를 껴안고 있잖아? 그를 구하러 온 건가? 아, 얼마나 무서운가, 나를 노려보는 그녀의 눈초리는? 그녀 뒤에 무엇이 뒤따르는 건가? 오, 수많은 악령, 수많은 독사! 좋다, 와라, 상대해주마! 지옥의 딸들, 준비는 되어 있는가? 그 뒤의 고문 기구들은 누구를 위한 건가? 좋다. 이 오레스테스를 미쳐 날뛰는 너희 손에 던져주

마. 아니다, 너희는 물러서라. 헤르미오네에게 시키겠다. 그 냉혹한 여자야말로 솜씨 좋게 나를 갈기갈기 찢어놓을 것이다. 자, 이렇게 내 마음을 그 여자에게 바친다. 나를 마음껏 찢어버려라."

그런 후 그는 그 자리에 쓰러졌다. 그러자 필라데스가 병사들에게 말했다.

"정신을 잃으셨다. 어서 서둘러. 시간이 없다. 정신을 잃으신 이 기회를 놓치면 안 된다. 전하를 안전한 장소로 옮겨야 한다. 여기서 정신을 찾으시고 또 광란에 빠지시면 모든 노력이 수포로 돌아간다."

필라데스의 명령에 따라 그리스 병사들은 오레스테스를 데리고 황급히 그곳을 빠져나갔다.

페드르 Phèdre

1

테세우스는 그리스의 아테네와 트로이젠을 다스리는 왕이었다. 바닷가 도시 트로이젠은 화려한 아테네와 달리 자연의 아름다움을 뽐내는 곳이었다. 길고 긴 해변이 있었으며 그 안쪽으로는 울창한 숲이 있었고 언제나 강렬한 햇볕이 내리쬐고 있었다. 게다가 아프로디테 여신을 모시는 신전이 세 개나 있는 경건한 곳이었다.

테세우스 왕과 아마존 여왕 안티오페 사이에서 태어난 이폴리트(히폴리토스) 왕자가 그곳에 머물고 있었다. 계모로 들어온 페드르(파이드라, 페드라)가 그를 박해하다가 그 도시로 추방한 것이다. 그런데 벌써 오래전부터 테세우스 왕의 소식이 끊겼다. 아버지가 돌연 어디론가 사라진 것이다. 그는 아버지 걱정에 휩싸였다.

마침내 이폴리트는 결심했다. 이폴리트는 자신의 스승이면서 친구 역할을 해주는 테라메네스와 함께 해변을 거닐며 그에게 말했다.

"이제야 결심이 섰소. 나는 출발할 것이오. 자, 이 정든 트로이젠 땅과도 이제 작별이다. 견딜 수 없는 불안에 시달리며 아무것도 하지 않은 채 하루하루 이렇게 지낼 수는 없어. 6개월 이상 아버지 소식을 모르면서, 아버지 운명이 어떻게 되었는지, 어디 숨어 계신지도 전혀 모르면서 이렇게 있을 순 없어."

테라메네스가 이폴리트에게 말했다.

"왕자님, 도대체 어디로 그분을 찾으러 가신다는 겁니까? 왕자님의 심려를 덜어드리기 위해 저는 지금까지 세상 끝까지 안 가본 데 없이 부왕을 찾으러 다녔습니다. 온갖 바다를 다 헤맸습니다. 아케론 강이 죽음의 나라로 흘러가는 데까지 가보았으며 천지 사방 안 가본 데가 없습니다. 하지만 그 어디서도 부왕의 소식은 들을 수 없었습니다. 혹시 모릅니다. 부왕 자신께서 실종의 비밀을 감추고 계신지도……. 정말 그럴지도 모릅니다. 왕자님과 함께 우리가 전하의 목숨을 걱정하고 있는 이 순간에도 우리 눈에 새로운 사랑을 숨겨놓으신 채 태연히 지내고 계시는지도. 사랑에 눈먼 또 다른 여자를……."

"테라메네스, 그만하시오. 부왕을 그렇게 헐뜯지 마시오. 젊은 시절 한때의 과오는 이제 다 먼 옛날의 일이오. 이제 다시 사랑 때문에 마음 약해지실 분이 아니오. 페드르와 결혼한 이후 부왕의 고질적인 사랑 장난은 이제 끝났소. 그녀에게 또 다른 연적이 생긴다? 그럴 리 없소. 어쨌든 아버지를 찾는 건 내 의무요. 그리고 도망가고 싶소. 더는 있고 싶지 않은 이 도시로부터."

"뭐라고요? 왕자님, 언제부터 이 평화로운 도시가 싫어졌습니까? 소란스러운 아테네나 화려한 궁정보다는 이곳이 살기 좋다고 말씀하셨잖습니까? 왜 이 도시가 싫어지신 거지요?"

"그런 행복했던 시절은 이미 사라졌소. 크레타 왕 미노스와 파시파에의 딸인 그 여자를 신들이 이 바닷가로 보냈을 때부터 모든 것이 바뀌었소."

그 여자란 테세우스 왕의 두 번째 부인인 페드르를 말하는 것이었다. 테세우스 왕은 무슨 이유에서인지 자신이 사라지기 전에 페드르를 이곳 트로이젠으로 보낸 것이었다.

"아, 잘 알겠습니다. 페드르 왕비님이 눈에 거슬린다는 말씀이지요? 무서운 계모지요. 왕자님을 보자마자 이렇게 왕자님에게 추방을 명령하다니……. 하지만 왕자님, 전에 그토록 왕자님을 향해 분노를 쏟아놓던 그녀가 요즘은 변했습니다. 게다가 지금이라도 숨이 끊어질 듯 앓고 있습니다. 그런 여자가 왕자님을 어떻게 위협할 수 있단 말인가요? 그녀는 중병에 걸려 있으면서도 그것을 숨기고 있습니다. 햇빛조차 싫어합니다. 그런 여자가 왕자님을 해치려는 계획을 세울 수 있나요?"

"사실은 그 여자가 두려워서가 아니오. 또 한 사람의 적을 피하기 위해서요. 내 솔직히 말해주겠소. 바로 아리시 공주를 피하기 위해서요. 아버지에게 반역한 숙적의 핏줄, 그 핏줄에서 마지막으로 살아남은 단 한 명의 여자!"

"무슨 말씀을 하시는 겁니까? 왕자님까지 그 공주님을 박해하시는 겁니까? 테세우스 전하께 맞서서 모반을 일으켰던 팔라스 일족의 누이동생이기는 하지만 마음씨 착한 그분을? 그분이 오빠들 음모에 가담이라도 했나요? 청순하고 아리따운 그 모습이 싫으시다는 겁니까?"

"그 여자가 싫어서라면 도망치지는 않을 것이오."

"그렇다면 제가 그 이유를 말씀드려볼까요? 왕자님, 왕자님은 이미 그 늠름하신 이폴리트 왕자님이 아니십니다. 왕자님은 언제나 사랑의 율법을 단호히 물리치셨지요. 아버지처럼 사랑의 쇠사슬에 묶이거나 무릎을 꿇는 일은 없을 것이라고 맹세해오셨지요. 그토록 오랜 세월, 사랑의 여신 아프로디테에게 경멸의 눈초리만 보내오셨지요. 그런데 이제 변하신 게 아닌가요? 왕자님, 혹시 사랑을 하고 계신 건 아닌가요?"

"그게 무슨 말이오? 그 누구보다도 나를 잘 알고 있는 그대가……. 아마존의 여왕이셨던 어머니가 내게 마시게 해준 것은 젖뿐이 아니었소. 바로 자존심을 내게 먹여준 거요.

그대는 나를 그림자처럼 붙어 다니며 돌보아주었지. 그대가 들려주었던 이야기들이 생각나오. 아버지의 그 위대한 업적들. 내가 얼마나 가슴 설레며 그 공훈 하나하나에 귀를 기울였던가! 가는 곳마다 적을 무찌르는 영웅의 이야기! 불안한 사람들의 마음을 가라앉혀주는 영웅의 이야기! 괴물들의 숨통을 끊어놓고 거인의 뼈를 부수고 반인반수의 괴물 미노타

우로스를 물리치는 이야기!

하지만 명예롭지 못한 이야기들도 있었소. 도처에서 수많은 여자들에게 사랑의 맹세를 했고 그 맹세가 모두 받아들여졌지요. 이름조차 기억할 수 없는 그 수많은 여자들. 사랑의 불꽃에 매혹되어 너무나 쉽게 마음을 바친 순진한 여자들. 아버지의 배신에 탄식하던 여자들! 아버지가 마지막으로 약탈해 온 것이 바로 페드르 왕비, 그녀는 이제 행복한 여자가 되었소.

내가 그대에게 수없이 말하곤 했지요. 그런 이야기들은 그만하라고! 제발 입 닥치라고! 아, 아버지가 후세 사람들에게 그런 수치스러운 뒷모습을 남겨놓지 않으셨다면 얼마나 좋았을까? 그런데 그런 내가, 그렇게 아버지의 사랑을 부끄러워하는 내가 사랑의 쇠사슬에 묶인다고?

아버지의 사랑 편력은 긴 세월 쌓은 명예로운 업적으로 용서받을 수 있소. 하지만 나는 아직 아무런 무훈도 세운 게 없소. 내게는 그분과 같이 사랑에 빠질 권리가 전혀 없소. 설령 내가 자존심을 잃고 사랑에 빠진다고 해도 어찌 아리시 공주를 택할 수 있단 말인가! 그녀와 나 사이를 어떤 장애가 가로

페드르

119

막고 있는지 그대가 잘 알고 있지 않소?

부왕께서는 아리시 공주의 혈통을 이어받은 자식이 태어나는 것을 엄격히 금하고 계시오. 단 한 명 살아남은 그녀의 죽음과 함께 그들의 이름이 영원히 사라지길 원하시오. 그래, 내가 아버지의 명을 거역하면서까지 공주와 결혼해야 한단 말이오? 하늘도 놀랄 만한 불손한 짓을 내가 저질러도 된단 말이오? 젊은 혈기에 빠져서, 미치광이 같은 사랑에 빠져서……."

그러자 테라메네스가 이폴리트에게 말했다.

"아, 왕자님. 운명의 때가 한번 정해지면 하늘은 인간의 말 따위에는 귀를 기울이지 않습니다. 테세우스 전하는 왕자님의 눈을 가리려다 오히려 뜨게 하고 말았습니다. 공주를 향한 테세우스 전하의 증오는 오히려 해서는 안 될 사랑의 불꽃을 왕자님에게 일으킨 겁니다. 금지된 사랑이기에 그녀를 더욱 매혹적이게 만들었습니다. 어쨌든 청순한 사랑인데 무엇을 두려워하십니까? 그 부드러운 사랑의 유혹에 한번 빠져보시는 게 어떤가요? 왕자님, 아프로디테 여신의 유혹에 빠지지 않으려고 몸부림치는 건 부질없는 짓입니다. 왕자님의 어머니이신 안티오페 여왕께서 테세우스 전하께 청순한 사랑의 정열을

쏟지 않았다면 지금의 왕자님이 존재할 수 있었나요? 이 세상에 태어나지도 않았을 것 아닙니까? 아니, 이런 거추장스러운 말들도 다 필요 없습니다. 속마음을 털어놓으십시오.

아무튼 요즘 그 늠름하던 왕자님의 모습을 보기 어려워졌습니다. 모래사장 위를 전차를 타고 날아다니시고, 사나운 말들을 꼼짝 못하게 만들면서 말을 달리던 모습도 보기 힘듭니다. 왕자님의 눈매에 비밀스러운 불꽃이 타오르는 듯, 매우 무거워 보입니다. 의심할 여지가 없습니다. 사랑하고 계신 겁니다. 사랑에 불타고 계신 겁니다. 그 병을 숨기면 목숨마저 위태로워집니다. 자, 제게 말씀해 주세요. 아리시 공주가 마음에 드셨습니까?"

하지만 이폴리트는 딴소리를 했다.

"나는 떠나오, 테라메네스. 아버지를 찾으러 갈 것이오."

"그렇다면 떠나시기 전에 페드르 왕비님을 한번 만나야하지 않을까요? 계모이긴 해도 어쨌든 어머니가 아닌가요?"

"물론 그럴 생각이오. 그분에게 내 의사를 전해주시오. 떠나기 전에 만나는 것이 의무니, 내 의무를 다할 것이오."

그들이 이야기를 나누고 있을 때였다. 페드르의 유모이자 시녀인 에논의 모습이 멀리서 눈에 띄었다. 그녀는 페드르 왕비와 함께 산책 중이었다. 에논은 이폴리트와 테라메네스의 모습을 보고 먼저 달려와 이폴리트에게 말했다. 그녀는 뭔가 무척 불안한 표정이었다.

"아, 왕자님, 이 일을 어쩌지요? 왕비님이 너무 편찮으십니다. 곧 숨이라도 끊어질 것 같아요. 밤낮으로 열심히 간호를 해드려도 소용이 없습니다. 그래도 무엇 때문에 그렇게 고통스러워하시는지 마음속 비밀을 절대 털어놓지 않으십니다. 오늘, 마음이 너무 아파 견딜 수 없다며 햇빛을 보고 싶다고 하셔서 함께 나오는 길입니다. 사람들 눈에 띄고 싶지 않다고 하시더군요. 저기 오고 계십니다."

그러자 이폴리트가 말했다.

"그만하면 알았다. 혼자 있게 해드리마. 더구나 보기 싫어하는 이 얼굴을 보여드릴 생각은 조금도 없다."

말을 마친 이폴리트는 테라메네스와 함께 발걸음을 재촉해 멀리 사라졌다.

에논이 다시 몸을 돌려 페드르에게 갔다. 금방이라도 넘어질 것처럼 힘들어하던 페드르가 에논에게 말했다.

"이제 그만 가, 유모. 더 이상 서 있을 수가 없어. 온몸에서 힘이 빠져나가는 것 같아. 오랜만에 다시 보는 햇빛에 눈을 뜰 수가 없어. 무릎이 떨려 쓰러질 것만 같아."

그녀는 그 자리에 주저앉았다. 그러고는 다시 말했다.

"이 쓸데없는 장식물들. 이 베일도 무겁게 느껴지는구나. 무엇 때문에 내 머리는 땋아 올려 이렇게 리본으로 묶어놓았지? 모든 것들이 나를 괴롭히는 것 같아. 모든 것들이 힘을 합해 나를 못살게 굴고 있어."

"제가 공연히 공을 들인 건가요? 오랜만에 몸치장해달라고 하신 건 바로 왕비님 자신이에요. 힘을 되찾아 다시 햇빛을 보고 싶다고 말씀하시더니……. 이렇게 밖으로 나오면 기운을 차리실 줄 알았는데. 그런데 또 몸을 감추려 하시네. 햇빛을 멀리하려고 하시네."

"아, 태양이시여. 내 어머니의 아버지이신 태양이시여! 지금 흩어진 내 모습을 보며 얼굴 붉히시는 것 같군요. 오, 태양이시여! 마지막으로 당신의 모습을 우러러보러 왔습니다."

그러자 에논이 놀라서 말했다.

"뭐라고요? 아직도 죽어버리겠다는 생각을 못 버리셨다는 말씀이에요? 어떻게든 살아보겠다는 의지를 버리셨다는 말씀이세요? 도대체 왜 그러시는 거예요?"

페드르는 한동안 멍한 표정을 짓고 있었다. 이윽고 그녀가 다시 말했다.

"아, 내가 정신을 잃고 있구나! 여기가 어디지? 나의 맹세, 나의 분별심은 어디로 간 거지? 에논, 나는 이성을 잃고 말았어. 내 얼굴 구석구석을 덮어버린 이 수치스러운 붉은 빛이 보이지? 내 부끄러운 모습을 유모에게 너무 많이 보여주었어. 참으려 해도 눈물이 안에서 넘쳐흘러."

"왕비님, 정말 부끄러워해야 할 게 있다면 왕비님의 그 침묵이에요. 가슴속 고통을 더욱 날카롭게 만들 뿐이니까요. 우리가 그렇게 정성을 보이는데도 아무 말에도 귀를 기울이지 않으십니다. 그렇게 혼자 괴로워하시다가 목숨이 끊어지기만 기다리실 작정이세요? 도대체 왕비님의 생명의 샘을 말려버리는 그 독약이 뭐란 말입니까? 왕비님, 벌써 사흘이나 눈을 붙이지 않으셨습니다. 사흘 밤낮, 아무것도 드시지 않았습니다. 어떤 무서운 생각에 몸을 맡기고 계신 건가요? 그건 당신의 생명을 창조해주신 신들을 모독하는 짓입니다. 사랑의 서약으로 맺어진 남편에게 크나큰 배신이 되는 짓입니다. 그뿐 아닙니다. 사랑하는 여왕님의 아드님을 배신하는 짓입니다. 잘 생각하셔야 합니다. 아들에게서 어머니가 사라지는 바로 그날이 이국 여자의 아들에게 희망을 안겨주는 날이 된다는 것을……. 당신의 적, 그 거만한 적, 아마존의 여인이 잉태한 외아들, 바로 그 이폴리트에게."

그러자 페드르가 "오 하느님!"이라고 부르짖으며 몸을 떨었다.

"왕비님, 제 말씀이 마음에 거슬리나요?"

"아, 그 이름을 입 밖에 내다니!"

"왕비님, 그 욕된 이름을 듣고 몸을 떠시는 걸 보니 제 마음이 가벼워집니다. 사셔야 합니다. 절대로 용서해서는 안 됩니다. 끔찍한 아마존 여인의 아들이 왕비님 아드님을 그 아래 두는 일은 막아야 합니다! 신들의 피를 이어받은 이 세상에서 가장 존귀한 가문 위에 야만의 피를 받은 자가 군림하는 일은! 자, 한시라도 빨리 약해진 힘을 되찾으셔야 합니다."

그러나 페드르는 딴소리를 했다.

"아, 죄지은 나의 목숨, 나는 그것을 너무 오래 간직해왔어."

"뭐라고요? 마음을 찢어놓을 만한 무슨 후회되는 일이라도? 그토록 마음이 흔들릴 만한 죄를 지으셨다는 건가요? 왕비님의 손이 죄 없는 사람의 피로 물든 적은 한 번도 없었는데……."

"고맙게도 하늘의 가호가 있어서 내 손은 아직 죄로 더럽혀진 적이 없어. 하지만, 하지만. 오, 하늘이시여, 이 손과 같이 마음도 죄진 것이 없다면!"

"왕비님, 어떤 끔찍스러운 계획을 품고 계신 거지요? 왕비님을 그렇게 공포에 떨게 만드는 그 계획이 도대체 뭐지요?"

"아, 이제 충분히 말한 셈이야. 유모, 나는 죽을 거야. 너무나 끔찍스러운 그 고백을 하지 않으려면……."

에논이 참다못해 매몰차게 말했다.

"그렇다면 그렇게 하세요. 그러다가 세상을 떠나세요. 사람 간의 정도 잊고 그 침묵을 끝까지 지키세요. 그러나 눈을 감겨주는 역할은 다른 여자에게 맡기세요. 왕비님의 생명의 불꽃이 약하게나마 남아 있을 때 내 영혼이 먼저 죽음의 나라로 내려갈 겁니다.

무정한 여자여! 언제부터 내 충성심에 싫증이 나셨나요? 이 세상에 태어나자마자 당신을 이 두 손으로 받았어요. 고향도, 자식들도 당신을 위해 모두 버린 나입니다. 그런데 겨우 이렇게 보상하시는 건가요?"

"유모, 그렇게 심하게 나를 몰아붙이지 말아줘. 내가 침묵을 깬다면 유모도 공포에 휩싸여 어쩔 줄 모르게 될 텐데……."

"당신 입에서 어떤 말이 튀어나온다 해도 당신이 내 앞에서 숨을 거두는 모습을 바라보는 무서움에 비하면 아무것도 아니지요. 왕비님, 왕비님을 위해 흘린 눈물을 보아서라도, 지금 왕비님을 껴안고 있는 내 모습을 보아서라도 제발 저를 의혹에서 벗어나게 해줘요."

마침내 페드르가 결심한 듯 몸을 일으켰다.

"꼭 알아야만 하겠어? 그래, 유모도 일어나."

"말씀하세요. 듣겠어요."

"오, 하늘이시여! 어디서부터 말을 해야 하나요? 오, 아프로디테 여신의 저주, 숙명의 노여움이여! 나의 어머니를 혼란 속에 빠뜨린 사랑이여! 아, 우리 언니 아리아드네, 덧없는 사랑에 가슴 아파하며 버림받은 채 바닷가에서 비참하게 숨을 거둔 우리 언니!"

에논이 페드르의 입을 막았다.

"왜 그러세요, 왕비님? 괴로움이 아무리 크다 할지라도 가문의 어른들을 탓하시다니."

"그래, 바로 그거야. 나는 욕된 피를 이어받았어. 아프로디테 여신의 뜻이 그런 거야. 나는 그 욕된 피를 이어받은 마지막 여자로서 비참하게 죽어야만 해."

"그렇다면 사랑을 하고 계신 겁니까?"

"미칠 것 같은 사랑으로 나는 온몸이 불타고 있어."

"그렇다면 상대는?"

"아, 그 이름은, 그 이름은……. 나는 사랑하고 있어. 그 이름, 그 숙명의 이름을 입 밖에 내려니 몸이 떨려. 몸서리가 쳐져. 아, 나는 사랑에 빠졌어……."

"도대체 누구와요?"

"아마존 여왕의 아들. 그토록 오랜 세월 내가 박해를 가해 온 그 왕자를!"

그 소리에 에논은 몸을 부르르 떨었다.

"이폴리트 왕자? 오, 이럴 수가!"

"유모, 그건 바로 유모야! 그 이름을 입 밖에 낸 사람은! 나는 아직 그 이름을 내 입에 올리지 않았어!"

에논이 고개를 치켜들고 외쳤다.

"오, 정의를 관장하시는 하늘이시여! 온몸의 피가 얼어붙는구나! 오, 희망이 완전히 끊겼습니다. 너무나 큰 죄악이여! 저주스러운 혈통이여! 아, 이곳으로 오지 말았어야 했어! 불행이 도사리고 있는 이 위험한 바닷가 가까이로 오지 말았어야 했어!"

"유모, 여기 와서 그를 보고 사랑에 빠진 게 아니야. 아주 오래되었어. 테세우스 전하와 결혼이 정해졌을 때 나는 이제 영원한 평화와 행복을 누리게 되리라 믿었어. 그런데, 그날, 바로 그날, 아테네는 내게 너무 늠름한 적의 모습을 보여준 거야. 그래, 나는 그 사람을 보았어. 그를 보고 얼굴이 붉어지고 파랗게 질리고 말았어. 나는 나를 잃고 말았어. 야릇한 감정이 솟아오르는 걸 어쩔 수 없었어. 눈을 뜨고 있었지만 보이는 게 없었고 입은 말라붙어 소리도 낼 수 없었어. 온몸이 얼어붙는 것 같았고 불덩이처럼 타오르는 것 같기도 했어. 내 안에서 아프로디테 여신의 혈통을 느꼈어. 그 혈통에는 사랑의 고통이 따를 수밖에 없다는 것을 알 수 있었어.

나는 노력했어. 열심히 기도하면 이 고통에서 벗어나리라고 믿었어. 여신을 받드는 신전을 세우고 온 정성을 다해 신전을 장식했어. 온종일 신에게 바친 제물에 둘러싸여 기도했어. 하지만 아무 소용이 없었어. 아, 줄기차게 입으로는 여신의 이름을 부르고 있었지만 내가 우러러 받드는 신은 단 한 분, 이폴리트 왕자님!

나는 무슨 수를 써서라도 그 사람을 피했어. 그러나 아, 정말 고통스러웠어. 그의 아버지의 얼굴 속에서도 그 사람의 모습만 보였어. 그래서 나는 결심한 거야. 그래서 그를 박해한 거야. 사악한 계모의 얼굴로 가장하고 그를 추방한 거야. 나는 테세우스 전하에게 그를 끊임없이 모함했어. 그를 그의 곁에서 멀리 보내려고⋯⋯. 그래, 나는 성공했어. 그 사람을 겨우 부왕 품에서 떼어냈어. 유모, 나는 그제야 안도의 숨을 쉴 수 있었어. 그 사람이 없어지자 나의 하루하루는 죄의식 없이 흘러갈 수 있었어. 마음속 슬픔은 감춘 채 남편에게 순종하고 운명이 정해준 혼인의 열매를 정성껏 키우고 있었어.

그러나 모두 헛일이었어. 오, 운명의 잔인함이여! 남편이 나를 트로이젠으로 보낸 날, 멀리하던 적의 모습을 다시 보게 된 거야. 아, 그러자 내가 꼭꼭 눌러두었던, 아니, 눌러두었다고 생각했던 그 상처에서 다시 피가 솟구친 거야. 유모, 그건 사랑의 열정 따위가 아니었어. 아프로디테 여신이 먹이를 물고 놓아주지 않은 거야. 그건 숙명이었고 공포였어. 나는 내 목숨이 아직 붙어 있다는 것을 저주하며 내 사랑의 불꽃을 혐오했어. 죽어서 내 명예를 구하려고 생각한 거야. 태양에게는 이 어두운 죄의 불꽃을 보이지 않으려고…….

그런데 유모, 유모의 눈물, 살아야 한다고 간청하는 목소리를 이길 수 없었던 거야. 아, 이제 모든 것을 고백했어. 후회는 안 해. 다만 내 죽음이 다가오는 것을 막지만 말아줘. 나를 너무 비난하지만 말아줘. 유모가 나를 비난하면 나는 정말 괴로울 거야. 아냐, 간단해. 유모가 내게 구원의 손을 뻗치려 하지만 않으면 돼. 지금이라도 꺼져가는 이 한 줌 목숨의 열기를 다시 불러일으키려 하지만 않으면 돼."

페드르의 고백을 들은 에논도 제정신이 없기는 마찬가지였다. 바로 그때였다. 시녀 파노프가 그들에게 황급히 달려오는 모습이 보였다. 그들의 모습이 보이자 파노프가 숨을 헐떡이며 말했다.

"왕비님, 슬픈 소식입니다. 너무 슬픈 소식이기에 숨기려 했습니다만, 알려드리지 않을 수가 없습니다. 천하무적을 자랑하시던 부군께서 돌아가셨습니다. 다들 알고 있고 오직 왕비님만 모르고 계십니다."

에논이 놀라서 되물었다.

"파노프, 무슨 소리를 하고 있는 거냐?"

"테세우스 전하께서 돌아오시길 아무리 빌어도 이제 소용없다는 말씀이지요. 방금 항구에 들어온 선단으로부터 전해진 이야기입니다. 이폴리트 왕자님도 소식을 들으셨습니다."

페드르가 하늘을 우러러며 탄식했다.

"오, 하늘이시여!"

파노프가 계속 자세한 소식을 전했다.

"테세우스 전하가 돌아가셨다는 소식이 전해지자 아테네는 두 파로 갈라졌습니다. 한쪽은 바로 왕비님의 아드님을 옹립하려 하고 다른 쪽은 이국 여자의 아들을 지지하려 하고 있습니다. 나라의 법을 망각한 짓이지요. 또 한쪽에서는 아리시 공주와 팔라스 핏줄을 옥좌에 앉히려는 음모가 있다는 이야기도 들립니다. 사태가 너무 위급하기에 왕비님께 꼭 알려드려야 할 것 같았습니다. 그뿐이 아닙니다. 이미 이폴리트 왕자님이 떠날 채비를 하고 계십니다. 그분이 아테네에 나타나신다면 경박한 민중들의 마음은 온통 그리로 쏠릴 것입니다.”

그러자 에논이 파노프에게 말했다.

“그래 파노프, 그만하면 잘 알겠다. 왕비님도 들으셨다. 잘 알았으니 너는 이만 가보도록 해라.”

파노프가 물러가자 에논이 페드르에게 말했다.

“왕비님, 조금 전까지만 해도 저는 왕비님의 말씀을 따르려고 했습니다. 왕비님께 사셔야 한다고 간청하지 않고, 저도 뒤를 따르겠다고 결심하고 있었습니다. 하지만 이제 상황이 전혀 달라졌습니다. 왕비님의 운명도 바뀌었습니다. 국왕께서는 이미 세상에 안 계시고 그 뒤를 누군가 이어야 합니다. 나이 어린 왕자님이 이어야 하지요. 그리고 그분을 지키는 것은 바로 왕비님입니다. 왕비님이 돌아가시면 그분은 노예 신세가 되고 살아계시면 일국의 왕이 되십니다. 지금 이 불행 속에서 왕자님은 누구를 의지해야 할까요?

사셔야 합니다. 왕비님의 사랑을 불꽃은 이제 세상 사람 누구나 할 수 있는 보통 사랑이 되었습니다. 테세우스 전하가 죽었으니 그 사랑을 끔찍스러운 죄로, 욕된 수치로 만들던 사슬은 끊어졌습니다. 이폴리트 왕자님도 이제는 왕비님에게 무서운 존재가 아닙니다. 만나셔도 더 이상 죄가 되지 않습니다.

이 유모가 한마디 더 하지요. 그는 왕비님이 자신을 증오한다고 굳게 믿고 반란군을 지휘하게 될지도 모릅니다. 그러니 그를 만나 오해를 풀고 마음을 달래야 합니다. 그분은 이 복된 바닷가 나라 트로이젠의 왕이 되어 통치하면 됩니다. 그리고 왕비님의 아드님은 법에 따라 미네르바 여신이 세운 아테네를 다스리면 됩니다. 왕비님도, 그분도 똑같은 적을 마주하고 있습니다. 두 분이 힘을 합쳐 싸워, 이겨야 합니다. 그 공통의 적은 바로 아리시 공주입니다."

"유모, 잘 알았어. 유모 말에 따를게. 그래 살아남겠어. 이 삶과 죽음의 경계선에서 나의 아들을 사랑하는 마음이 나를 사는 쪽으로 데려다준다면……. 남아 있는 한 줌의 생명의 기운을 다시 살려낼 수 있다면……."

2

테세우스 왕이 죽었다는 놀라운 소식을 아리시도 들었다. 그런데 아리시는 또 다른 놀라운 전갈을 받았다. 지금까지 그녀를 그렇게 피하던 이폴리트 왕자가 그녀를 만나러 온다는 사실을 절친한 친구인 이스멘이 전한 것이다. 그녀는 놀라서 이스멘에게 되물었다.

"이폴리트 왕자님께서 나를 만나시겠다고? 왕자님께서 나를 찾으신다고? 작별 인사를 하시겠다고? 이스멘, 정말이야? 뭔가 잘못 들은 거 아냐?"

"공주님, 테세우스 전하가 돌아가신 후 모든 것이 달라졌어요. 왕자님도 달라지신 거예요. 테세우스 전하가 생전에 멀리

하시던 사람들이 모두 공주님을 향해 앞다투어 달려오고 있답니다. 공주님, 머지않아 아테네가 공주님 발밑에 엎드리게 될 거예요."

"그렇다면 나는 더 이상 노예가 아니란 말이야?"

"그렇지요. 테세우스 전하가 죽었으니 신들도 더 이상 공주님을 적으로 생각하지 않으실 거예요."

"그래, 그분이 마지막에 어떻게 숨을 거두었는지 자세히 들었니?"

"믿기 어려운 풍문이 많이 돌고 있어요. 새로운 연인을 유괴한 것까지는 좋았는데, 부정한 그분을 파도가 삼켜버렸다고들 해요. 또 이런 소문도 있어요. 그분이 산 채로 죽음의 세계로 내려가셨다는 거예요. 거기서 지옥의 왕 하데스의 부인인 페르세포네를 유괴하려 했다는 거예요. 하지만 결국 그 죽음의 나라를 빠져나오지 못한 거지요."

"믿을 수 없어. 아직 죽을 때가 안 된 산 사람이 어떻게 죽은 자들이 사는 곳으로 내려갈 수 있단 말이니?"

"공주님, 공주님이 믿으시건 말건 테세우스 전하는 돌아가셨습니다. 아테네 모든 사람이 이미 슬퍼하고 있는데요. 그 소

「페르세포네의 운명 The Fate of Persephone」

영국 화가 월터 크레인의 1877년 작품. 페르세포네를 하데스가 납치하는 장면이다. 페르세포네는 제우스와 곡물·수확·대지의 여신 데메테르 사이에서 난 딸이다. 님프들과 꽃을 따던 그녀를 저승의 신 하데스가 납치해 아내로 삼는다. 딸의 납치에 절망한 데메테르가 일을 하지 않자 곡식이 말라붙는다. 그러자 제우스가 하데스에게 페르세포네를 돌려보내라고 요구한다. 하데스는 그녀를 돌려보내면서 계략을 부려 저승의 석류 씨를 먹이는데, 이 때문에 그녀는 온전히 지상으로 돌아오지 못하고 일 년 중 3분의 1은 저승에서, 3분의 2는 지상에서 지내게 된다. 한편 테세우스는 라피타이인의 왕 페이리토스와 제우스의 딸들을 아내로 삼기로 내기를 한다. 그는 스파르타 공주 헬레네를, 페이리토스는 저승의 여왕 페르세포네를 선택한다. 두 사람은 페르세포네를 납치하러 저승으로 갔으나 붙잡혀 감금된다. 나중에 테세우스는 헤라클레스에게 구출되지만 페이리토스는 영원히 저승에 갇히는 벌을 받는다.

페드르

식을 들은 후 트로이젠에서는 이미 이폴리트 왕자님을 왕으로 인정하고 있답니다. 페드르 왕비님은 갈피를 못 잡고 있지요. 나이 어린 아들 때문에 불안에 떨고 있을 뿐이랍니다."

"그렇지만 나는 달라질 게 없어. 이폴리트 왕자는 부왕과 똑같이 나를 대할 거야. 내게 얼마나 인정머리 없게 대했니? 여자를 천대하는 그분이 나만 특별대우할 리 없어. 너도 잘 알고 있잖아. 그분은 언제나 우리 둘이 없는 곳만 찾아다니며 우릴 피해왔잖아."

"저도 잘 알지요. 하지만 저는 공주님보다 그분을 훨씬 자세히 살펴볼 수 있었답니다. 그분이 여자를 멀리한다는 소문을 저도 들었지요. 그래서 호기심에 유심히 살펴보았어요. 하지만 듣는 것과 보는 건 정말 차이가 크게 난다는 걸 알게 되었어요.

공주님, 공주님과 두 눈이 마주치자 그분이 어땠는지 아세요? 공주님은 못 보셨을 거예요. 그분은 공주님 눈을 피하려고 애를 쓰셨어요. 하지만 헛수고였지요. 괴로움에 가득 찬 그 눈빛을 공주님에게서 거두지 못했어요. 사랑에 빠진 남자의 눈이라고 말하면 아마 그분의 자존심에 상처를 입히는 말이 되겠죠. 하지만 그분이 아무리 아니라고 하건 말건 어떻든 이미 사랑에 빠진 사람의 눈이었어요."

"아, 이스멘, 내가 자신을 잊고 네 말을 귀 기울여 듣고 있다니! 그 믿을 수 없는 말들을! 이스멘, 내 처지를 누구보다 잘 아는 네가 내게 그런 이야기를 할 수 있는 거니? 비참한 운명의 노리갯감이 된 가련한 여자, 오직 슬픔과 눈물 속에서만 자라온 이 마음이 사랑을 알게 될 날이, 그 미칠 듯한 사랑의 괴로움을 알게 될 날이 오리라고 생각한단 말이니?

우리의 먼 선조는 일찍이 아테네를 세웠지. 그렇게 귀한 핏줄 중에서 유일하게 죽음을 면하고 살아남은 게 바로 나야. 그 피비린내 나는 전쟁터에서 나는 여섯 명의 오빠를 잃어버렸어. 오빠들이 죽은 후 테세우스 전하가 명했지. 누구든 나를 사모하는 그리스인들은 용서하지 않겠다고. 나는 두려웠어. 그리고 불안했어. 내 안에 사랑의 불꽃이 일어나, 한 줌의 재로 변한 오빠들의 시체 위에 생명의 불꽃을 다시 피우지 않을까 하는 두려움과 불안! 그래서 나는 그 누구도 사랑하지 않으리라 결심했어. 너는 잘 알고 있을 거야. 내가 항상 변함없이 사랑을 멀리해온 것을. 모든 것을 경멸의 눈으로 바라봐 온 것을. 테세우스 전하의 가혹한 처사를 나는 오히려 고맙게 생각했단다. 그를 경멸하는 내 마음을 오히려 북돋아주었으니까.

그런데, 아, 나는 테세우스의 아드님을 보게 된 거야. 나는 소문난 그분의 잘난 얼굴, 그 우아한 모습에 반한 게 아니야. 나는 그분이 지닌 고귀한 보물, 그 용맹스러운 덕성을 존경하게 된 거야. 그의 아버지로부터 이어받은 그 약점, 쉽게 사랑에 빠지는 그 약점 때문에 그를 사랑하게 된 게 아니야.

그래, 나는 그를 사랑해. 사랑의 쇠사슬에 단 한 번도 묶여보지 않은 그 고귀한 덕성을 사랑해. 그건 테세우스 전하를 향한 페드르의 사랑과는 다른 거야. 나는 쉽게 얻어지는 승리 따위는 원하지 않아. 수천 명의 여자에게 바치는 사랑의 맹세? 그중의 하나를 얻었다고 기뻐해? 누구에게나 열린 마음을 얻고 행복해해? 나는 굽힐 줄 모르는 엄격한 마음을 굴복시키고 싶어. 사랑을 모른다고 고집하는 마음속에 사랑의 고통이 어떤 것인가를 가르쳐주고 싶어. 눈치를 챘을 때는 이미 사랑의 포로가 되어, 온몸이 사랑의 쇠사슬에 묶여, 그 함정에서 빠져나오려고 아무리 몸부림쳐도 아무 소용없게 만들고 싶어.

아, 이스멘, 내가 무슨 말을 하고 있는 거지? 내가 왜 이렇게 경솔한 여자가 되었지? 그 사람은 끝까지 내게 저항할 거야. 결국 너는 내가 가슴 아파하는 모습만 보게 될 거야. 그의 오만한 마음을 원망하며 탄식하는 소리만 듣게 될 거야. 이폴리트 왕자님이 나를 사랑하게 될 거라고? 그런 행복은 내게 찾아오지 않을 거야. 만일 그분이 내게 마음을……."

그때 이스멘이 손가락을 입술에 갔다 댔다. 이폴리트가 그녀들 앞에 나타난 것이다.

이폴리트는 아리시를 보자 정중하게 예를 표한 후 말했다.

"공주, 출발에 앞서 공주에게 꼭 전할 말이 있어 들렀습니다. 부왕이 결국 돌아가셨습니다. 결국 생명을 관장하는 운명의 여신에게 인도되고 말았습니다. 헤라클레스의 친구이자 후계자였던 그분이……. 나는 죽도록 슬픕니다. 하지만 당신에게는 희망의 말을 전하고자 왔습니다.

나는 당신을 가혹한 감시의 눈으로부터 풀어놓을 수 있습니다. 당신을 자유의 몸으로 만들어 드리겠습니다. 당신을 감시하던 그 법을 폐지하겠습니다. 이제 이 트로이젠은 나의 소유가 되었습니다. 일찍이 나의 선조 피테우스 님이 이어받은 나라며 오늘날 주저 없이 나를 왕으로 인정한 이 나라에서, 그대를 자유의 몸으로 만들어드리겠습니다."

아리시는 공손하게 대답했다.

"친절하신 말씀이 지나치시면 오히려 이 몸이 당황하게 됩니다. 과분하신 마음씨로 불운한 나를 보살펴주려고 하시는데, 나를 풀어주시겠다고 하신 그 말씀이 오히려 왕자님을 묶어놓지 않을까 걱정이 됩니다."

"내 속마음을 말씀드리지요. 아테네는 아직 후계자를 정하지 못하고 있습니다. 당신이라고도 하고 내 이름을 거론하기도 하고 또 왕비의 아들을 꼽기도 합니다."

"나까지요?"

"헛된 희망이 아닙니다. 아테네의 법이 나를 배척하고 있다는 것을 나는 잘 알고 있습니다. 내 어머니가 이국의 야만족 여자라는 것 때문에 그리스 사람들이 탐탁지 않게 생각하고 있습니다. 하지만 상대가 내 배다른 동생만이라면 나는 이길 수 있습니다. 나에게는 그런 권리가 있습니다. 하지만 나는 행동에 나서지 않을 겁니다. 거기에는 이유가 있습니다. 당신에게 아테네를 양보하기 위해서입니다. 양보한다기보다는 돌려드리는 거지요. 아테네는 당신의 선조가 세운 나라입니다. 지금 다시 아테네는 당신을 부르고 있습니다. 아테네 땅 속으로 스며들어간 공주의 형제들의 피는, 어머니인 대지의 들판을 분노로 붉게 물들여놓았습니다. 그것으로 충분합니다. 이제 아테네의 대지가 더 이상 피로 물들 수는 없습니다.

트로이젠은 나의 명령에 따릅니다. 페드르 왕비의 아들은 크레타 섬의 백성들이 기다리고 있습니다. 아티카의 나라는 당신의 것, 나는 떠납니다. 당신을 위해서. 우리 사이에서 갈라진 사람들의 마음을 하나로 묶기 위해 떠납니다."

아리시가 놀라운 눈으로 그를 바라보며 말했다.

"말씀을 들으니 그저 놀라울 뿐입니다. 마음이 혼란해져서 꿈인지, 환상인지 그저 어리둥절할 뿐입니다. 내가 지금 눈을 뜨고 있는 걸까요? 그런 뜻밖의 일들을 믿어도 되나요? 왕자님, 어느 신이 당신의 마음속에 그런 생각을 품게 하셨는지요? 아, 나를 위해 자신을 희생시키려 하시다니! 나를 증오하지 않는다는 것, 그것을 보여주시는 것만으로도 충분한데!"

"당신을 증오한다고요? 내가 공주를? 내가 자존심이 강한 남자라고들 말하지만 그렇다고 정도 모르는 괴물이라고 생각하시나요? 아무리 야만스러운 마음을 하고 있더라도, 아무리 굳어버린 증오심을 품고 있다 하더라도 당신을 보고 어찌 부드러워지지 않을 수 있을까요? 마음을 뒤흔들어놓는 그 모습에 거역할 힘이 내게 있을까요?"

아라시는 다시 놀랄 뿐이었다.

"왕자님, 도대체 무슨 말씀을……."

"내가 너무 정신이 없어 지나친 말을 했군요. 공주, 내게도 분명히 보입니다. 미칠 듯한 정열에 이성이 서서히 무너져가는 것이. 그래요, 이제 침묵을 깼으니 계속 말하겠습니다. 마음속, 숨길 수 없는 비밀을 당신에게 고백하겠습니다.

당신 눈앞에 있는 이 오만한 남자, 자만심으로 사랑을 거부해왔습니다. 나를 사랑의 포로로 묶을 수도 있을 쇠사슬 따위는 경멸의 눈초리로 대수롭지 않게 여겨왔습니다. 사랑의 배를 탔다가 난파를 당해 바다에서 가라앉는 사람들을 그런 꼴을 당해 마땅한 바보 같은 자들이라 여겨왔습니다. 나만은 바닷가에서 멀리 떨어져 그 폭풍우를 바라볼 수 있으리라 믿어왔습니다.

그런데 내게 그 폭풍우가 덮쳤습니다. 솟아오르는 사랑의 정열에 갈 길을 잃은 채 나 자신을 찾아볼 수조차 없게 되었습니다. 아무런 두려움 없이 던진 한순간의 시선, 그것이 바로 나의 마음을 찢어버리는 순간이었습니다. 모든 사람을 멀리하면서도 그 사람 없이는 살 수 없게 되었습니다. 수치심 속에서 절망하며 이 몸을 찢어놓은 사랑의 화살을 꽂고 다닌 것이 벌써 반년이 되었습니다. 당신에게 항거하고 나에게 항거해도 소용없는 짓이었습니다. 지금에 와서 나의 옛 모습을 찾으려 해도 그 그림자조차 찾을 수 없습니다. 활도, 창도, 전차도 모두 귀찮기만 합니다. 말도 타기가 싫습니다.

공주, 느닷없이 이렇게 거친 사랑의 고백을 들으셨으니 당신은 얼굴을 붉히실 것입니다. 당신에게 바치는 사랑의 마음을 이렇게 난폭하게 표현하다니! 하지만 내가 당신에게 바치는 이 사랑은 고귀한 것입니다. 그리고 잊지 말아 주십시오. 이것은 내가 단 한 번도 써본 적이 없는 말이라는 것을. 공주, 물리치지 마십시오, 나의 서툰 사랑에 대한 희망을……. 당신만 아니었더라면 이폴리트는 결코 아무것도 모르고 살아가게 되었으리라는 것을……."

아리시는 뜻밖의 고백에 아무 말도 하지 못했다. 그때 이폴리트의 뒤를 따라오던 테라메네스가 그들 앞에 나타나 말했다.

"왕자님, 왕비님이 해변으로 오고 계십니다. 제가 한걸음 먼저 왔습니다. 왕비님이 왕자님을 찾고 계십니다."

"나를? 지금에 와서 내가 왕비에게 무슨 할 말이 있겠는가? 또 그분이 새삼……."

"왕자님, 왕비님도 남편을 잃고 슬퍼하고 있습니다. 동정의 말씀이라도 건네시는 게……."

그러자 아리시가 말했다.

"왕자님, 왕비님을 만나시고 떠나세요. 왕자님의 계획대로 아테네를 나의 영토로 만들어주세요. 왕자님의 선물은 모두 받아들이겠어요. 그러나 그토록 크고 명예로운 왕의 지위도 당신의 사랑보다 큰 선물이 아니라는 것을 알아주세요. 어서 가서서 왕비를 맞이하세요."

그러자 이폴리트가 테라메네스에게 말했다.

"자, 가서 떠날 채비를 갖추도록 하시오. 어서 뛰어가시오. 명령을 받으면 즉시 나를 이 골치 아픈 만남에서 해방시킬 수 있도록."

테라메네스는 해변을 향해 뛰어갔고 이폴리트는 밖으로 나왔다. 그러자 멀리서 페드르와 유모 에논의 모습이 보였다.

페드르도 멀리서 이폴리트의 모습을 알아보았다. 그녀가
혼잣말을 했다.

"그 사람이다. 온몸의 피가 심장 쪽으로 거꾸로 치솟는구
나. 그분의 모습을 보니 무슨 말을 하러 왔는지도 생각나지 않
는구나."

"왕비님, 나이 어린 아드님 이야기하러 오신 거지요. 왕비
님 또한 의지할 곳 없는 연약한 어머니일 뿐인 것을요."

드디어 이폴리트가 다가왔다. 페드르가 그를 보자 말했다.

"급히 떠나신다기에 작별 인사를 하러 왔습니다. 왕자님의
슬픔에 나의 눈물을 덧붙이는 것을 용서해주십시오. 아들을
위해 내 불안을 털어놓은 것도 용서해주십시오. 그 애에게는
이미 아버지가 없습니다. 머지않아 어미의 죽음을 맞이할 날
도 얼마 남지 않았습니다. 그 어린아이의 목숨을 엿보는 사람
들도 많이 있습니다. 이제 오로지 당신밖에 없습니다. 그 적들
로부터 그 애를 지켜주십시오. 그 애를 살려달라는 내 목소리
에 귀를 막고 계신 것이 아닌지 두렵습니다. 당신이 나에 대해

노여워하는 건 당연하지만 그 원한을 내 아들에게 풀지나 않으실지 두렵습니다."

이폴리트가 대답했다.

"나는 결코 그런 비열한 사람이 아닙니다."

"당신이 나를 증오한다고 해도 나는 원망하지 않습니다. 왕자님, 나는 당신에게 못된 짓만 꾸며왔으니까요. 그렇지만 나의 마음속을 당신은 읽지 못했습니다. 나는 당신의 반감을 살 만한 일을 하려고 열심히 힘썼습니다. 당신과 같은 땅에 산다는 것을 도저히 견딜 수 없었기 때문입니다. 당신을 적이라고 열심히 떠들어 당신이 멀리 떨어져 있게 되기를 바랐습니다. 아니, 그것뿐이 아닙니다. 당신의 이름을 내 앞에서 입 밖에 내는 것조차 금하는 법을 만들었습니다."

그녀의 말이 끝나기도 전에 이폴리트가 말을 잘랐다.

"자기 아들의 권리를 지키려고 한 일이니 당연합니다. 다른 배 속에서 나온 아들을 용서한다는 것은 쉽지 않은 일이니까요. 그런 시기심은 누구나 갖는 겁니다. 그런 처지에서는 그 어떤 여자라도 나를 더 심하게 박해했을 것입니다."

"아, 왕자님! 하늘은 잘 알고 계십니다. 나는 그런 여자가 아닙니다. 하늘이 예외를 만들었습니다. 나는 그것과는 다른 불안 때문에 가슴이 찢어지고 죽도록 괴롭습니다."

"왕비님, 그렇게 상심하실 때가 아닙니다. 전하께서는 아직 살아 계실지 모릅니다. 우리의 눈물을 보아 하늘이 부왕의 귀환을 허락해주실지 모릅니다. 바다의 신 포세이돈이 부왕을 보호해주실 것입니다. 그 수호신은 부왕 전하의 소원을 헛되이 흘려보내실 분이 아닙니다."

"죽음의 나라라는 곳은 한 번 보고 나면 두 번 다시 볼 수 없는 곳입니다. 저승의 기슭을 테세우스 전하가 본 이상, 신의 가호로 그분이 돌아오시기를 바란다는 것은 소용없는 일입니다. 탐욕스러운 아케론 강은 한 번 물어뜯은 먹이를 놓아주는 법이 없습니다.

아닙니다. 그분은 아직도 죽지 않았습니다. 당신 속에 숨 쉬고 있습니다. 당신 앞에서 나는 그분을 보고 있는 느낌입니다. 나는 지금 그분을 보고, 그분에게 말을 건넵니다. 아, 이 마음은 더 이상…… 갈피를 못 잡고. 왕자님, 이성을 잃어버린 사랑의 열정이 나도 모르는 사이에 내 입에서 새어나오고 말았습니다."

"왕비님의 사랑의 힘은 정말 놀랍네요. 돌아가신 부왕이 왕비님 눈에는 살아 있는 사람으로 보이다니! 예전과 다름없이 그분을 향한 사랑으로 불타고 계시다니!"

"그렇습니다, 왕자님! 이 몸은 괴롭게 불타오르고 있습니다. 테세우스 전하에 대한 사랑으로! 그렇습니다. 사랑하고 있습니다. 그러나 지옥에 모습을 보인 그분을 사랑하는 것이 아닙니다. 죽음의 신의 침상까지 더럽히러 간 그런 사람을 사랑하는 것이 아닙니다. 그런 사람이 아니라 충실하고 품위가 있고 야성적인 그런 사람, 매력과 젊음이 넘쳐흐르고, 모든 사람의 마음을 잡아끄는 그런 사람, 신들의 모습을 하고 있는 그런 사람. 그래요, 지금 눈앞에 있는 당신의 모습!

그분은 당신과 같은 용모, 당신과 같은 눈매, 당신과 같은 말투를 지니고 있었습니다. 우리가 살고 있는 크레타 섬으로 건너 오셨을 때 고상하기 그지없는 수줍음이 얼굴에 물들어 있었습니다. 미노스 딸들의 사랑을 받는 데 조금도 손색이 없는 분이었습니다. 아, 하지만 당신에 비한다면! 그때 왜 이폴리트 왕자는 그 자리에 없었습니까? 당신은 무얼 하고 있었습니까? 그리스 전 국토의 영웅들을 그 사람이 모으고 있었을 때 왜 당신은 그 사람과 함께 배에 오르지 않으신 겁니까? 그랬다면, 이 사랑을, 이 가슴속 사랑을 온통 그대에게 주었을 텐데! 그대를 위해 무슨 짓이든 다 할 수 있는 여자가 되었을 텐데!"

이폴리트는 자신의 귀를 의심할 수밖에 없었다.

"신들이시여! 내가 지금 무슨 말을 듣고 있는 것입니까? 왕비님, 잊고 계십니까? 테세우스 전하가 나의 아버지, 당신의 남편이라는 것을?"

페드르는 이폴리트의 그 말을 반박했다.

"무슨 근거로 내가 그를 잊었다는 거지요? 명예를 생각하는 마음을 내가 완전히 잊어버렸다는 말씀인가요? 나를 그런 여자로 보세요?"

그러자 이폴리트의 얼굴이 약간 붉어졌다.

"용서하십시오. 나는 왕비님의 말씀을 곡해해서……. 부끄러워서 고개를 들 수가 없군요. 나는 그냥……."

'아, 잔인한 사람! 그만하면 내 속마음을 알고도 남을 텐데……. 더 이상 어떻게 고백하라고…….'

그녀는 드디어 고개를 들고 당당하게 말했다.

"자, 똑똑히 보세요, 이 페드르를! 페드르의 미칠 듯한 사랑을! 사랑하고 있습니다. 당신을 미친 듯이 사랑하고 있으면서 스스로 죄 없는 여자, 자기 행위를 정당하다고 믿고 있는 여자라고는 보지 마세요. 명예를 완전히 잊은 미친 여자로 보지는 마세요. 그렇다면 나는 괴로워하지도 않았을 거예요.

나는 내 이성을 마비시키는 이 미치광이 사랑의 독을 즐기고 있는 게 아니에요. 나는 신들의 복수의 표적이 된 불운한 여자예요. 당신이 나를 혐오하는 이상으로 나는 나와 나의 몸을 증오하고 있어요. 신들이 이미 증명해주고 있어요. 나의 가문에 숙명적으로 따라다니는 정욕의 불꽃을! 나의 가슴에 불을 지른 그 신들! 약한 인간의 마음을 유혹하고는 그것을 자신들의 영광이라고 생각하는 그 신들!

지난날의 일들을 생각해 보세요. 나는 당신을 피해 다니는 것으로 부족해서 추방까지 하지 않았나요? 당신 눈에 흉악한 여자, 냉혹한 여자로 보이기 위해서였어요. 당신의 매력과 끝까지 싸우기 위해 나는 당신의 증오스러운 대상이 되려고까지 했어요. 그러나 아무런 소용이 없었어요. 당신이 미우면 미울수록 당신을 향한 내 사랑은 커지면 커졌지 조금도 약해지지 않았어요. 불행에 잠긴 당신 모습은 더 새로운 매력을 안겨 주었어요. 나의 마음은 사랑에 불타고, 눈물에 잠겨 메말랐고, 활기를 잃었어요. 자, 고개를 들어 나를 한 번 보세요. 한순간 이라도 좋아요. 당신이 눈을 들어 나를 보기만 한다면.”

거의 광기에 가까이 마구 부르짖던 그녀는 잠시 정신을 차렸다.

“아, 내가 지금 무슨 말을 하고 있는 것인가! 내가 정녕 이 수치스러운 고백을 하려고 그를 만나려 한 것인가! 내 아들의 목숨이 걱정되어, 적으로 돌리지는 말아달라고 애원하러 온 것이 아닌가! 사랑으로 가득 찬 마음이 세운 계획이란 정녕 이렇게 허황한 것이란 말인가!”

그녀는 다시 그를 향해 말했다.

“자, 이 욕된 사랑에 복수를 하세요. 벌을 내리세요. 당신을 낳은 영웅에 걸맞은 아들이 되세요. 당신을 괴롭히는 이 괴물을 세상에서 지워버리세요! 테세우스가 죽자마자 그 아내가 이폴리트에게 사랑을 고백하다니! 그래요. 이 끔찍스러운 짐승을 그대로 두면 안 돼요. 자, 여기가 심장이에요. 그 손이 찔러야 할 곳은 바로 이곳! 자, 빨리 찌르세요.”

그녀는 이폴리트를 향해 다가갔다.

"손댈 값어치조차 없는 여자라면, 아니면 증오심이 너무 커서 이렇게 죽어가게 할 수 없다면, 당신의 손을 더러운 피로 물들게 하고 싶지 않다면 당신의 팔은 필요 없어요. 그 대신 칼을 주세요! 그래요, 이 손으로!"

그녀는 이폴리트의 허리에서 칼을 뽑았다. 그러자 에논이 황급히 그녀를 붙잡고 말했다.

"왕비님, 무슨 짓을 하시는 겁니까? 오, 신들이시여! 왕비님 저기 누군가 오고 있어요. 이 끔찍스러운 장면을 들키면 안 됩니다. 어서 도망가셔야 합니다."

에논은 거의 정신을 잃다시피 한 페드르를 부축하며 황급히 자리를 피했다. 페드르의 손에는 이폴리트의 칼이 들려 있었다.

그들이 있는 곳으로 오던 사람은 테라메네스였다. 그들이 황급히 사라지는 모습을 보고 테라메네스가 이폴리트에게 물었다.

"왕자님, 저렇게 도망가는 게 페드르 왕비님입니까? 왜 저렇게 억지로 끌려가는 거지요? 무슨 일이 있었습니까, 왕자님? 왜 그렇게 고통스러운 표정을 짓고 계십니까? 얼굴이 창백하십니다."

"테라메네스, 이 자리를 피합시다. 빨리 도망갑시다. 상상하기조차 어렵군요. 아, 이 나의 몸, 바라보기조차 끔찍스럽다! 왕비가……. 아니오. 오, 신들이시여, 이 무서운 비밀을 영원한 망각 속에 파묻어 버리시기를!"

"왕자님, 떠나시길 원하신다면 준비가 다 되어 있습니다. 그런데 아테네 소식 못 들으셨습니까? 원로들이 모든 부족의 의견을 물었답니다. 왕자님의 동생이 승리를 거두었고 결국 페드르 왕비의 뜻대로 되었습니다."

"무슨 소리요?"

"아테네의 뜻을 전하러 사자가 왔습니다. 국가 통치의 권한을 페드르 왕비님에게 넘겨주게 된 것입니다. 이제 그분의 아드님이 국왕이십니다, 왕자님."

"오, 신들이시여! 정녕 그 여자가 어떤 여자인 줄 모르고 있단 말입니까? 과연 그 여자가 그런 보상을 받을 만한 미덕을 지니고 있단 말입니까!"

"그런데 테세우스 국왕께서 살아 계시다는 막연한 소문도 들려오고 있습니다. 국왕께서 에페이로스에 나타나신 모습을 보았다는 사람이 있습니다. 저는 그곳을 잘 아는데, 제가 알기로는……."

"됐소. 무슨 이야기든 들어봅시다. 그 소문의 출처를 캐봅시다. 여행을 중지해야 할 정도로 정확한 소문이 아니라면 나는 아테네로 출발할 것이오. 아무리 비싼 대가를 치르더라도 왕권은 그것을 감당할 만한 사람에게 넘겨줄 것이오."

3

에논에게 거의 끌려오다시피 하여 처소로 간 페드르는 겨우 정신을 차렸다. 정신을 차린 그녀에게 에논이 아테네에서 온 사자를 만나라고 했다.

그러나 페드르는 그녀의 말을 무시하고 말했다.

"유모, 왕관 따위 내게는 필요 없어. 축하 인사도 필요 없어. 아, 내 절망을 어떻게 위로할 수 있단 말인가! 유모, 나를 사람들 앞으로 내보내지 말고 숨겨줘. 나는 해서는 안 될 말까지 해버렸어. 불타오르는 정열이 밖으로 넘쳐나고 만 거야.

오, 하늘이여. 내 말을 듣고 있었을 때의 그 사람의 표정, 그 사람의 태도를 보셨나요? 냉혹한 사람, 교묘하게 내 말을 피

페드르

하기만 하다니! 얼굴을 붉히기만 하다니! 오, 나를 두 배나 수치스럽게 만든 그의 태도!

유모, 왜 나를 죽지 못하게 했어? 아, 분해. 그 사람의 칼이 거의 가슴에 다 닿았는데도 얼굴색 하나 안 변하다니! 칼을 내 손에서 빼앗지도 않다니! 소름 끼치는 무정한 눈길만 보내다니! 더럽혀진 칼, 거기에 손이 닿으면 제 손도 더럽혀진다는 거지?"

"왕비님, 그렇게 한탄만 하고 계실 겁니까? 지워 없애야 하는 사랑의 불꽃을 태우고만 계실 겁니까? 왕비님은 미노스 대왕의 핏줄을 이어받은 분이세요. 그런 작은 일보다는 더 중요한 일에 마음을 쏟으셔야 하지 않겠어요? 그 은혜를 모르는 자는 이제 잊으시고 왕권을 손에 넣는 게 더 중요하지 않겠어요?"

"내가 정치를? 내가 한 나라를 나의 법으로 통치하라고? 이성이 모두 사라지고 제 몸 하나 가누지 못하는 이때에? 분별력도 상실한 내가? 불명예스러운 멍에를 지고 겨우 숨을 쉬고 있을 뿐인데? 당장 죽어버리고 싶은 내가?"

"어쨌든 멀리 떠나셔야 합니다."

"안 돼! 그 사람에게서 떨어질 수가 없어!"

"그전에는 추방까지 하시더니 이제는 피하지도 못한다고요?"

"이미 늦었어. 나는 이미 미치광이 같은 사랑의 불꽃을 드러내고야 말았어. 나의 수치를 그 사람 앞에 보여주고 말았어. 하지만 그렇게 만든 건 바로 유모야. 당장이라도 숨이 꺼질 것 같은 내게 힘을 준건 바로 유모야. 이제는 사랑을 해도 아무 일 없을 거라고 암시를 해준 사람은 바로 유모야."

"왕비님, 죄송해요. 하지만 책임이야 어찌 되었건 왕비님의 목숨을 건지기 위해서라면 무슨 짓인들 못 했겠어요? 그렇지만 왕비님, 이제 제발 마음을 돌리세요. 모욕은 그걸로 충분하지 않은가요? 그 발밑에 엎드릴 것 같은 왕비님을 그가 얼마나 냉혹한 눈초리로 바라보고 있었던가요. 사랑도 정도 모르는 그 오만함! 왕비님은 못 보셨나요?"

"유모, 그 사람은 그 오만함에서 벗어날 수 있을지도 몰라. 안개 짙은 숲 속에서 자란 탓에 성미가 거칠 수밖에 없었을 거야. 야성적인 자연 속에서 자라서 무뚝뚝해진 걸 거야. 사랑 이야기를 들은 건 아마 그게 처음일 거야. 뜻밖의 일에 놀라서

페드르

159

입을 열지 못했을 거야."

"왕비님, 아마존 여인이 그를 품고 있었다는 것을 잊지 마세요."

"설사 야만족의 여인이라고 해도 그 여자는 테세우스 전하를 사랑했어."

"그 사람의 여자 혐오증은 태어날 때부터 지녔던 거예요."

"그렇다면 최소한 연적 때문에 속 썩을 일은 없겠네. 아무튼 이제 와서는 유모의 충고도 소용없어. 이제는 나를 달래려 하지 말아요. 나의 이 미칠 듯한 열정의 편이 되어줘요. 사랑의 감정에는 완강히 마음을 닫는 그 사람, 어딘가 다른 약점이 있을 거야. 그래, 왕의 지위는 그 사람을 움직일 거야. 그 사람도 그 야망을 숨기고 있지는 않잖아? 선단을 모아놓고 이미 아테네를 향해 떠나려 하는 걸 봐. 그래, 그는 야심에 불타고 있어. 유모, 제발 그에게 가서 말해줘. 그의 눈앞에 왕관을 보여줘. 성스러운 왕관을 씌울 곳은 그 사람 이마 밖에 없어. 내가 직접 씌워주고 싶어. 양보하는 거야. 내가 감당할 수도 없는 왕의 지위를 그에게 주는 거야. 그는 내 아들에게 군주가 해야 할 일을 가르칠 거야. 어쩌면 아버지 역할을 해줄 지도 몰라. 아들도 어머니도 똑같이 그분의 지배하에 들어가는 거야. 그분의 마음을 굽히기 위해 온갖 수단을 다 쓰는 거야.

그래, 내가 직접 말하기보다는 유모가 말하는 게 훨씬 나을 거야. 졸라대기도 하고, 눈물을 흘려보기도 하고, 울부짖기도 해봐. 다 죽어가는 페드르 이야기를 들려줘도 돼. 무슨 짓을 해도 돼. 가냘픈 목소리로 애원해봐. 유모, 어서 갔다 와. 유모 이야기를 듣고 나서 결정할게."

에논은 페드르의 말을 따를 수밖에 없었다. 희망이 있어서 라기보다는 페드르의 말을 따르지 않다가는 그녀가 무슨 짓을 할지 알 수 없었기 때문이었다. 에논이 이폴리트를 만나러 간 사이 페드르는 이폴리트에게 사랑의 열정을 불어넣어달라고 아프로디테 여신에게 간절히 기도했다. 그의 마음을 열어달라고 간절하게 기도했다.

얼마 후 에논이 돌아왔다. 그런데 그녀의 입에서 놀라운 말이 떨어졌다.

"왕비님, 단념하세요. 정녕 이루어질 수 없는 사랑입니다. 전과 같은 정숙한 마음으로 돌아가십시오. 국왕 전하가 살아 계십니다. 테세우스 전하가 돌아오셨어요. 이미 이 궁전 안에 계십니다. 왕을 뵈려고 사람들이 앞다투어 몰려들고 있습니다. 이폴리트 왕자님은 만날 겨를도 없었습니다."

"뭐야? 그분이 살아 있다고? 이 수치스러운 사랑을 고백한 지금? 아, 그분이 살아 계시다는 이야기는 더 이상 듣고 싶지 않아."

"무슨 말씀이에요? 전하가 살아 돌아오셨으니 기뻐하셔야……."

"유모가 처음부터 내 소원을 들어주지 않았어. 내가 죽었으면 아무 문제없었을 것을……. 내가 유모 눈물에 진 거야. 유모 눈물에 양심의 가책을 느낀 거야. 아, 오늘 아침 내가 죽었더라면 그래도 사람들이 내 앞에서 눈물을 흘려주었을 텐데……. 유모 말대로 한 탓에 나는 더렵혀진 여자로 죽을 수밖에 없어."

"아니, 죽다니요?"

"오, 하늘이시여! 오늘 나는 도대체 무슨 짓을 저지른 겁니까! 남편이 왕자와 함께 곧 내 앞에 나타날 텐데……. 내 마음속 불륜을 알고 있는 왕자가 나를 지켜볼 텐데……. 내가 어떤 눈으로 전하를 바라보는지 지켜볼 텐데……. 유모, 내가 고백한 사랑의 불꽃을 그가 숨길 것 같아? 아버지이며 국왕이신 그분에 대한 배신을 조용히 눈감아줄 것 같아? 그가 테세우스 전하의 명예를 그렇게 소홀히 여길 것 같아? 나에 대한 증오를 누를 수 있을 것 같아?

게다가 유모, 혹시 그가 침묵을 지킨다고 해도 아무 소용없어. 내가 저지른 짓은 누구보다 내가 잘 알고 있으니까. 유모, 나는 대담하게 죄를 범하고도 태연하게 얼굴 하나 붉히지 않는 그런 파렴치한 여자와는 달라. 나는 내 미치광이 사랑의 추태를 낱낱이 기억하고 있어. 이 벽도, 이 천장도 지금이라도 입을 열고 무슨 말을 할 것 같아.

아. 나는 죽어야 해. 죽음으로써 이 끔찍한 두려움에서 벗어나고 싶어. 죽는 건 하나도 두렵지 않아. 두려운 건 내 죽음 뒤에 남을 불명예야. 불운한 내 아들에게 얼마나 치명적인 유산일까? 훗날 나를 죄지은 어머니라고 비난하겠지? 그 생각을 하면 몸이 떨려오는 걸 어쩔 수 없어. 그 애가 눈을 들지도 못하고 살아갈 것을 생각하니 가슴이 찢어질 것 같아."

"왕비님, 맞아요. 왕비님이 돌아가시면 틀림없이 그렇게 될 거예요. 왜 아드님에게 그런 부끄러움을 안겨주시려는 겁니까? 왜 스스로 죽어서 죄를 자백하시려는 겁니까? 이폴리트 왕자님은 자신 있게 왕비님을 비난하겠지요. 그런 왕자님 앞에서 저는 뭐라고 할까요? 할 말을 잃고 당황하는 수밖에 없겠지요. 그럴 수 없어요. 왕비님의 사랑을 무시한 그가 승리자가 되는 모습을 볼 수는 없어요. 자, 왕비님, 이 유모에게 정직하게 말씀해 주세요. 아직 그분에게 미련이 남아 있나요? 오만불손한 그 왕자가 어떻게 보이세요?"

"내 눈에는 세상에 둘도 없는 끔찍한 괴물로 보일 뿐이야. 그가 너무 무서워."

"그 사람이 무섭다고요? 그렇다면 됐어요. 왜 그 사람에게 모든 승리를 송두리째 바치려 하시는 건가요? 제 말씀대로 하세요. 왕비님께서 선수를 치는 겁니다. 왕비에게 씌우려는 죄를 그 사람에게 뒤집어씌우는 겁니다. 감히 왕비님의 말씀을 거짓이라고 할 사람이 누가 있겠습니까? 모든 것이 그 사람에게 불리합니다. 더욱이 왕비님이 그 사람 칼을 가지고 있습니다. 정말 다행이지요. 게다가 테세우스 전하는 그 사람을 달갑지 않게 생각하고 있어요. 지난날 왕비님이 그를 모함하고 험담한 덕분이지요. 그를 추방하기까지 했잖아요."

"유모, 무슨 소리를 하는 거야? 죄 없는 사람에게 오명을 뒤집어씌우고 고통을 준다고?"

"왕비님, 모든 걸 이 유모에게 맡겨 두세요. 제가 시키는 대로 하세요. 그저 입만 다물고 계시면 돼요. 나라고 몸이 떨리지 않는 건 아니에요. 양심의 가책도 느껴요. 하지만 무엇보다 왕비님의 죽음과 맞서야 해요. 이런 저주스러운 방법을 쓰지 않고는 왕비님을 구할 길이 없어요.

너무 걱정하실 필요 없어요. 테세우스 전하께서는 제 말에 흥분하여 아들에게 복수하겠지요. 하지만 상대가 아들인 만큼 추방 정도에서 그칠 거예요. 아버지는 어쩔 수 없이 아버지에요. 가벼운 벌로 노여움을 푸실 거예요. 왕비님, 설사 죄 없는 사람의 피를 보게 되더라도 어쩔 수 없어요. 왕비님의 목숨과 우리의 명예를 위협받게 둘 수는 없어요."

페드르는 도저히 생각이 갈피를 잡을 수 없었다. 그녀는 너무나 혼란스러웠다. 하지만 결국 그녀는 유모 에논이 시키는 대로 하겠다고 말해버렸다.

얼마 후 테세우스가 이폴리트와 함께 페드르를 만나러 왔다. 페드르를 본 테세우스는 반갑게 그녀를 품에 안으려 했다. 그러자 그녀가 몸을 빼며 말했다.

"기다리세요, 전하. 전하의 그 큰 기쁨을 더럽혀서는 안 됩니다. 저는 이미 전하의 따뜻한 사랑을 받아들일 값어치가 없는 여자입니다. 당신을 모욕한 사람이 있습니다. 질투심이 강한 운명의 여신입니다. 그 여신이 당신이 궁전을 비우고 안 계실 때 나를 그대로 내버려 두지 않았습니다. 이제 당신의 사랑을 받는 것도, 당신에게 가까이 가는 것도 용서받을 수 없는 몸이 되었습니다. 저는 당신에게서 몸을 숨기는 수밖에 없습니다. 전하, 저는 물러가서 쉬겠습니다."

그녀는 에논이 시킨 대로 한 것이었다.

말을 마친 그녀는 안으로 들어가 버렸다. 어안이 벙벙해진 테세우스가 이폴리트에게 물었다.

"왕비가 왜 저런 태도로 나를 맞는 거냐? 무슨 일이 있었느냐, 이폴리트?"

이폴리트가 대답했다.

"설명해주실 수 있는 분은 페드르 왕비님 한 분뿐입니다.

그러나 제 간절한 소망을 아버님께 말씀드리겠습니다. 앞으로는 두 번 다시 제가 왕비님을 만나는 일이 없도록 해주십시오. 제가 이곳에서 영원히 모습을 감추는 것을 용서해주십시오."

테세우스가 놀라서 물었다.

"네가 내 곁을 영원히 떠난다고?"

"아버님 곁이 아니라 왕비님 곁을 떠나고 싶습니다. 저는 그분을 만나고 싶지 않습니다. 아버님이 그분을 이곳에 데리고 오셨습니다. 그리고 떠나실 때 아리시 공주와 왕비님을 저에게 맡기셨습니다. 저는 두 사람을 지킬 의무를 부여받았습니다. 이제 제 의무를 다했으니 저는 이곳에 머물지 않아도 됩니다. 저도 이제 아버님처럼 세상을 유랑하며 수많은 무훈을 세우고 싶습니다. 아직도 아버님의 손을 피해 도망간 괴물이 있다면 그 가죽을 아버님 발밑에 바치고 싶습니다. 그렇지 않다면 훌륭하게 죽어서 후세에 아버님의 부끄럽지 않은 아들이었다는 사실만을 남기고 싶습니다."

테세우스는 자신이 오랜만에 돌아왔는데도 아내 페드르도 숨어 버리고 아들 이폴리트도 멀리 떠나겠다고 하니 도무지 영문을 알 수 없었다.

"이게 도대체 웬일이냐? 내 눈앞에서 왕비도, 아들도 정신을 못 차리고 도망갈 궁리만 하고 있다니! 내가 그 지옥에서 돌아왔는데도 이렇게 두려운 존재가 되고 환영을 받지 못한단 말이냐? 햇빛 하나 들지 않는 지옥 동굴에 갇혀 있다가 신들의 도움으로 겨우 돌아왔는데! 가장 사랑하는 사람들과 이제 겨우 가까이 지내려 하는데!

도대체 이게 어찌 된 일이냐? 모두가 나를 피해 도망가고 나의 포옹을 거부하고 있다니. 자, 말해봐라. 페드르 왕비는 내가 모욕을 당했다고 말했다. 누가 배신했느냐? 아들아, 대답을 기피하는가? 다름 아닌 내 아들이? 적과 내통이라도 하고 있는 건가? 내, 안으로 들어가겠다. 이 의혹을 당장 풀지 않고는 견딜 수 없다. 죄는 어떤 것이고 범인은 누구인지 밝혀야겠다. 그런 후 내가 직접 벌을 내리리라! 내 페드르의 입을 통해 진실을 듣겠다."

왕은 페드르와 유모가 사라진 곳으로 뒤따라 들어갔다.

홀로 남은 이폴리트는 페드르가 자신에게 했던 고백을 생각하며 다시 몸을 떨었다. 그리고 아리시를 향한 자신의 사랑에 대해 생각했다. 가문의 적을 사랑하다니! 아버지가 호령하실 모습을 상상하며 그는 가슴이 떨려왔다. 둘 다 아버지가 아시면 불같이 노할 사실이었다. 그러나 한편으로 그는 자신을 위안했다. 엄밀한 의미에서 그는 죄를 지은 것이 하나도 없었다. 페드르의 고백은 자신도 두려운 일이었을 뿐이며 아리시를 사랑하는 것이 죄가 되지 않을 수도 있지 않은가? 무엇보다 수없이 많은 여인과 사랑을 나눈 아버지 테세우스 왕이라면 사랑에 대해 너그럽지 않겠는가?

그는 속으로 생각했다.

'죄를 짓지 않은 인간에게 두려울 것이 뭐가 있단 말인가!'

그리고 그는 아버지에게 자신의 사랑을 분명히 말씀드려야겠다고 결심했다. 아버지가 아무리 힘을 다해 막으려 해도 결코 움직일 수 없는 사랑을 보여드려야겠다고 결심했다. 그는 나중에 아버지를 찾아가리라 결심하고 그 자리를 떠났다.

4

　　　　　이폴리트가 떠난 지 얼마 되지 않아
안에서 테세우스 왕의 고함이 터져 나왔다. 에논이 왕 앞에
무릎을 꿇고 앉아 있었다.

　"뭐라고? 그게 사실이란 말이냐? 내가 도대체 지금 무슨
말을 듣고 있는 거지? 배신자, 하늘도 두렵지 않더냐! 오, 잔
혹한 운명이여, 나를 어디까지 쫓아와 괴롭힐 작정인가! 그토
록 사랑해주었는데 은혜를 원수로 갚다니! 자신의 사악한 욕
망을 채우기 위해 힘을 사용하다니! 칼을 쓰다니! 고귀한 목
적을 위해 쓰라고 내가 준 그 칼을! 부자간의 핏줄도 그놈을
말릴 수 없었던 말인가? 그런데도 페드르는 내 앞에서 입을

다물고 망설였단 말인가? 그놈을 용서해주려 했단 말인가?"

에논이 말했다.

"전하, 아닙니다. 왕자님을 용서해주기 위해 입을 다물고 계셨던 게 아닙니다. 고통스러워 말씀을 못 하신 겁니다. 왕비님은 전하의 명예를 지키려 하셨습니다. 왕비님은 왕자님의 미친 사랑을 불러일으킨 자신을 부끄러워하셨습니다. 왕비님은 스스로 목숨을 끊으려 하셨습니다. 제가 달려가 말리지 않았다면 왕비님은 이미 저세상으로 가셨을 것입니다. 왕비님의 고통과 전하의 불안감이 가슴 아파서 이렇게 전하께 고하는 것입니다."

"배신자, 그래서 낯빛이 그렇게 창백했구나! 내 앞에서 부들부들 몸을 떨고 있었구나. 도대체 그놈이 언제부터 그런 마음을 품은 거냐? 아테네에 있을 때부터 그랬단 말이냐?"

"전하, 왕비님이 하소연하셨던 것을 기억해보십시오. 불의의 사랑이었기에 왕자님은 왕비님을 오히려 증오했던 것입니다."

"그런데 이 트로이젠에서 또다시 사랑에 불이 붙었다 이거지?"

"전하, 제가 말씀드린 그대로입니다. 전하, 저는 고통에 빠진 왕비님을 홀로 둘 수 없습니다. 그분 곁으로 돌아가 보살펴 드리겠습니다."

테세우스의 허락을 받고 에논은 물러갔다. 테세우스 왕은 당장 페드르의 얼굴을 보기가 두려웠다. 아니, 그것보다 한시 라도 빨리 이폴리트를 만나 괘씸한 짓을 응징하고 싶었다. 그 는 서둘러 왕의 처소로 갔다.

왕이 처소로 가니 마침 이폴리트가 그를 기다리고 있었다. 이폴리트는 아리시를 사랑한다는 사실을 고백하기 위해 그곳 에서 아버지를 기다리고 있었던 것이다.

왕의 어두운 얼굴을 본 이폴리트가 말했다.

"전하, 안색이 좋지 않으십니다. 어디 불편하신지요?"

그러자 테세우스 왕이 벼락같이 고함을 질렀다.

"이 배신자 같으니라고! 감히 내 앞에 모습을 드러내! 이 끔찍스러운 괴물 같은 놈, 지금까지 용케도 하늘이 내리는 벼 락을 피해 다녔구나. 아버지 침실에서 못된 미친 짓을 하고도 뻔뻔스럽게 내 앞에 나타나? 어디론가 숨어버리지도 않고!

나가 없어져라. 내 눈앞에서 내 화를 더 이상 돋우지 마라. 이토록 죄 많은 아들을 낳았다는 치욕만으로도 충분하다. 내 명성을 더럽히고 싶지 않다. 어서 내 눈앞에서 없어져라. 두 번 다시 이 땅에 발을 들여놓지 마라. 어서 없어지라고 말하지 않았느냐! 모든 내 영토에서 끔찍스러운 네 모습을 영원히 지 워버려라.

오, 포세이돈 신이시여! 나의 소원을 하나 들어주겠다고 일 찍이 약속하신 포세이돈 신이시여. 저는 이제까지 제아무리 위 급한 상황에서도 당신께 간청하지 않았습니다. 지금까지 소중 히 아껴두었습니다. 이제 나는 당신께 탄원합니다. 이 불행한 아버지의 복수를 해주십시오. 이 배신자를 당신에게 넘기겠습 니다. 당신의 분노를 마음껏 폭발시키십시오. 그놈의 핏속에 불타오르고 있는 수치스러운 정욕의 불길을 끊어주십시오!"

부왕으로부터 청천벽력 같은 소리를 들은 이폴리트는 경악 했다. 그는 페드르가 자신에게 죄를 뒤집어씌웠음을 눈치채고 말했다.

"아, 사악한 사랑의 죄를 짓고 그걸 내게 뒤집어씌우다니! 전하, 너무 무서운 일이라서 저는 다만 어리둥절할 뿐입니다."

"이놈, 이 악당 같은 놈! 페드르가 겁을 먹고 입 다물 줄 알 았지? 짐승 같은 네 행동을 숨겨줄 줄 알았지? 그래, 페드르는 아무 말 안 했다. 하지만 이 칼이 모든 걸 말해준다. 미련한 놈, 페드르를 위협했던 칼을 놓고 나가다니!"

"전하, 거짓말입니다. 전하께 진실을 밝히는 것이 도리인 줄 알지만 저는 입을 다물고 있겠습니다. 오직 아버님을 존경하기 때문입니다. 차마 제 입으로 말씀드리기 어렵기 때문입니다.

하지만 전하, 이 말씀만은 드려야겠습니다. 전하, 이제까지 제가 어떤 사람이었습니까? 아무런 죄도 범하지 않은 깨끗한 마음이 갑자기 극악무도한 죄에 물드는 경우는 없습니다. 덕성 높은 사람이 하루 사이에 비열한 살인자가 되는 경우는 없습니다. 하루 사이에 불륜의 사랑에 빠지는 경우는 없습니다.

저는 순결하기로 이름 높은 여왕의 품에서 자랐습니다. 어머니가 세상을 떠나신 후에는 모든 사람이 현인으로 떠받는 페테우스 왕에게 교육을 받았습니다. 아버님도 그분에게서 교육을 받았지요. 저는 지금 제가 뒤집어쓰고 있는 죄악을 오히려 혐오하면서 마음을 길러 왔습니다. 전하도 이미 아실 것입니다. 제가 여자를 가까이하지 않기 위해 굳은 의지를 갖고 살아왔다는 것을⋯⋯. 이 세상 사람들도 잘 알고 있습니다. 맑은 햇빛도 제 마음만큼 깨끗하지는 않을 것입니다. 그런 제가 어떻게 그런 짓을……."

"그렇다, 그 오만함이 바로 너의 죄이다. 네가 그렇게 여자들에게 냉정했던 이유를 이제야 알겠다. 페드르만이 네 음란한 눈길을 사로잡고 있었던 거다. 그래서 다른 여자들은 거들떠보지도 않는 거다. 가슴을 태우는 청순한 사랑, 그런 사랑을 경멸하고 있었다."

"아닙니다, 아버님. 아버님께서 그렇게 말씀하시니 더는 숨기고 있을 수가 없습니다. 저는 청순한 사랑을 경멸하지 않았습니다. 아버님 앞에 엎드려 제 죄를 고백하겠습니다. 저는 사랑하고 있습니다. 사랑에 빠져 있습니다. 아버님께서 금하신 사랑……. 아리시 공주가 온통 제 마음을 사로잡고 있습니다. 팔라스의 딸이 아버님의 아들을 정복하고 말았습니다. 저는 사랑에 불타고 있습니다. 그렇습니다. 이 마음은 아버님의 명령을 거역하면서까지 오직 그 여자만을 사모하고 있으며 그녀를 향한 사랑의 불꽃을 태우고 있습니다."

"네가 아리시 공주를 사랑하고 있다고? 오, 하느님! 아니다, 속이 훤히 들여다보이는 거짓말이다. 더 큰 죄에서 벗어나려고 다른 죄를 뒤집어쓰려는 거다."

"전하, 사실입니다. 지난 반 년 동안 저는 그녀를 사랑해왔습니다. 그 사랑이 두렵고 괴로워 그녀를 피해왔습니다. 아버님, 제가 어떻게 해야 합니까? 어떻게 해야 아버님의 오해를 풀어드릴 수 있는 것입니까? 하늘에 걸고 맹세합니다. 저는……."

"악한들은 언제나 거짓 맹세를 하는 법, 집어치워라. 더 이상 위선에 찬 네 이야기를 듣고 싶지 않다."

"오, 아버님, 위선이라고요? 거짓이라고요? 페드르 왕비에게 물어보시면……."

"정말 뻔뻔한 놈, 어서 멀리 가버리지 못할까!"

"저를 어디로 추방하시는 건가요?"

"이 땅의 끝, 네가 갈 수 있는 한 가장 멀리까지 가라!"

"무서운 죄의 혐의를 뒤집어쓰고 아버지로부터도 버림을 받는다면, 아, 나를 불쌍히 여겨줄 친구는 어디에 있단 말인가요!"

"가서 찾아봐라. 불의를 찬미하고 불륜에 갈채를 보내는 악당들을! 명예도 모르고 법도 모르는 배신자들, 배은망덕한 자들이 네게 어울릴 것이다."

"끝까지 불륜이라고 말씀하실 건가요? 간음이라고 말씀하실 건가요? 그러시다면 좋습니다. 더 이상 변명하지 않겠습니다. 하지만 전하께 이것 하나만 여쭙겠습니다. 전하, 알고 계시죠? 페드르 왕비를 낳은 어머니에게 흐르던 피, 페드르 왕비에게 흐르는 피가 제 몸에 흐르는 피보다는 훨씬 음란에 가깝다는 것을."

"이놈이 완전히 정신이 나갔구나. 내 눈앞이라는 것도 잊었구나. 정말 마지막이다! 내 눈이 미치지 못하는 곳으로 없어져 버려라! 나가라! 안 그러면 내가 새끼줄로 네 목을 감아 끌고 나갈 테니!"

이폴리트는 하늘을 우러러 탄식하면서 물러나올 수밖에 없었다.

그가 밖으로 나간 후에도 테세우스의 분노는 가라앉지 않았다. 그는 이폴리트의 등 뒤에 대로 혼잣말을 했다.

'불쌍한 녀석, 스스로 파멸의 길로 뛰어들다니. 바다의 신 포세이돈이 내 소원을 한 가지 꼭 들어주신다고 약속을 해주셨다. 그 약속을 지금 실행해 주실 거다. 복수를 맹세한 신에게 쫓기는 몸이 될 것이니 너는 이제 도망갈 길이 없다. 아, 나는 너를 사랑하고 있었다. 너의 죽음을 생각하니 가슴이 찢어진다. 하지만 이 모두 네가 자초한 일이다. 너를 벌주지 않고는 못 배기게 한 것은 바로 너다. 아, 이렇게 수치스러운 일을 당한 아버지가 또 있었을까? 정의를 사랑하시는 신들이시여, 어쩌자고 이토록 죄 많은 아들을 세상에 내놓으셨단 말입니까!'

한편 그사이 페드르는 두려움과 고통에 떨고 있었다. 왕의 고함 소리가 들려도 꼼짝할 수 없었다. 하지만 테세우스가 이폴리트를 죽일지도 모른다는 생각에 가만히 있을 수 없었다. 그녀는 혼신의 힘을 다해 자리에서 일어나 테세우스 왕에게 갔다. 그리고 그 앞에 엎드려 말했다.

"전하, 무서움에 가슴이 떨려 이렇게 달려왔습니다. 전하의 노하신 목소리가 제가 있는 곳까지 들려왔습니다. 전하, 왕자의 목숨을 살려주십시오. 아버지의 손으로 아들의 피를 흘리게 했다는 영원히 지울 수 없는 고통을 맛보시면 안 됩니다."

"내 아들의 핏속에 이 손을 담그지는 않겠소. 그렇다고 그 배은망덕한 놈이 무사히 도망갈 수 있도록 내버려두지도 않겠소. 불멸의 신이 그놈 처벌을 맡아주셨소. 포세이돈 신이 나

와의 약속을 지켜주실 거요. 당신이 받은 모욕을 깨끗이 씻어
줄 거요."

"뭐라고요? 포세이돈 신이 약속을 하셨다고요? 전하, 정말
간청을 하셨나요? 오, 전하, 어찌 그런 간청을……. 화가 치민
나머지 하신 그 간청이 설마……."

"무슨 말을 하고 있소? 내 소원이 이루어질까 두려워하고
있소? 나와 함께 빌어야 마땅한 것 아니오? 자, 그놈이 한 짓
을 내게 하나하나 자세히 말해보시오. 나의 분노를 일으켜주
시오. 당신은 그의 죄를 다 알고 있지 않소? 그놈은 광란에
빠져 당신에 대한 폭언을 일삼았소. 당신의 입이야말로 거짓
말로 가득 차 있다고 당신을 모함했소. 그놈은 죄에서 벗어
나려고 거짓말까지 했소. 아리시가 자기 마음을 사로잡았다
고……. 그녀에게 사랑의 맹세를 했다고……. 그녀와 사랑을
하고 있다고……."

그 말에 페드르는 경악했다.

"뭐라고요?"

"내 앞에서 똑똑히 말했소. 그러나 그런 당치도 않은 말을
누가 믿겠소? 놈이 꾸며낸 거요. 자, 포세이돈 신이 그놈에게

어떤 벌을 내릴지 기다려봅시다. 나는 지금 곧바로 제단으로 갈 거요. 가서 무릎을 꿇고 한시바삐 신께서 약속하신 것을 실행해주시라고 빌고 오겠소."

왕이 나가자 페드르는 그 자리에 쓰러졌다. 아, 이폴리트가 아리시를 사랑하다니! 그녀는 질투에 사로잡혔다. 꺼진 줄 알았던 불꽃이 다시 가슴속에 불타올랐다.

그녀는 양심의 가책을 느끼고 왕에게 달려온 것이었다. 그녀는 말리는 에논의 팔도 뿌리치고 달려온 것이었다. 그녀는 양심의 가책으로 고백을 했을지도 몰랐다. 하지만 이폴리트가 아리시를 사랑하다니! 그녀는 속으로 생각했다.

'이폴리트는 사랑을 못 느끼는 남자가 아니었어. 그는 사랑이 무엇인지 알고 있었어. 그런데도 나에게서는 아무것도 못 느끼다니! 아리시가 왕자의 마음을 사로잡고 있다고! 아리시가 왕자와 사랑의 맹세를! 아, 나의 간곡한 말에 귀를 기울이지 않던 그 남자, 그 오만하고 무서운 눈초리로 나를 보던 그 남자, 나는 그 남자가 사랑이라곤 모르는 남자인 줄 알았어. 여자는 절대로 가까이하지 않는 남자로 알았어. 모든 여자에게 사랑의 마음을 닫은 남자로 알았어.

그런데 그 오만한 마음을 아리시가 꺾어놓았다니. 그 냉혹하고 잔인한 남자의 눈을 다른 여자가 홀리고 있었던 거야. 아, 그 남자는 사랑을 할 수 있는 남자였어. 오직 나만 그에게 혐오스러운 여자였던 거야! 그런데도 내가 그 사람 생명을 지켜줘야 한단 말인가? 오, 하늘이시여, 나는 어찌해야 좋은가요?'

그녀가 바닥에 쓰러져 괴로워하고 있을 때 에논이 그녀에게로 왔다. 에논도 두려움에 떨고 있었다. 페드르가 테세우스 왕에게 모든 사실을 고백할 것 같았기 때문이었다. 에논은 페드르를 잡아 일으켰다. 몸을 일으키며 페드르가 말했다.

"유모, 방금 내가 무슨 소리를 들었는지 알아? 아, 어찌 감히 믿을 수 있었을까? 나에게 연적이 있었다는 것을!"

에논이 깜짝 놀랐다.

"뭐라고요, 왕비님!"

"이폴리트가 사랑을 하고 있었던 거야. 길들일 수 없었던 그 용맹스러운 젊은이, 우러러 받들면 화를 내고, 하소연하면 귀찮다고만 하던 그 젊은이가! 그 야수와 같은 나의 적, 가까이 가는

것조차 두려웠던 바로 그 호랑이 같은 남자가! 그 남자를 아리
시 공주가 길들여서 자기 마음대로 하고 있었던 거야."

"아리시 공주가요?"

"아, 정말 고통스러워. 이전에 맛보지 못하던 고통이야. 지
금까지 내가 견뎌왔던 공포, 가슴속 불꽃의 격렬함, 몸이 찢
어질 듯한 후회, 그 참기 어려운 굴욕, 이 모든 것들도 지금 이
고통에 비하면 아무것도 아니야. 아, 두 사람이 사랑하고 있
어. 도대체 무슨 요술로 내 눈을 속일 수 있었지? 도대체 언제
부터 어디서 만나고 있었지? 유모, 유모는 봤어? 둘이 손잡고
숲 속으로 들어가는 모습을 봤어? 아, 두 사람은 원하면 아무
때고 만나고 있었던 거야. 아무 거리낌 없이 오직 사랑에만 몰
두했을 거야. 아침마다 떠오르는 햇살은 그들에게는 맑고 평
화롭기만 했을 거야.

아, 그런데 나는, 나는……. 나는 버림받은 여자! 하늘에서
도 땅에서도 버림받은 여자! 낮을 무서워하고 햇빛을 피해 다
니는 여자! 내가 붙잡을 수 있는 단 한 가지, 그것은 죽음의 신
뿐이야. 나는 죽을 때만 기다리고 있을 뿐이야. 나는 마음 놓
고 울 수도 없었어. 이 죽음과도 같은 쾌락을 혼자 가슴 조이

며 맛보고 있었을 뿐이야. 밝은 표정을 꾸미고 슬픔을 숨기고 눈물을 참아야만 했던 날이 얼마나 많았던가!"

"왕비님, 두 사람의 사랑이 이루어질 수 있다고 생각하세요? 두 사람은 두 번 다시 만나지 못할 거예요."

"아냐, 두 사람의 사랑은 변하지 않을 거야. 지금도 그들은 만나고 있을 거야. 이 땅에서 그가 추방되어 서로 멀리 떨어져 살아야 하는데도, 죽어도 이별은 하지 않겠다고 천번 만번 맹세하고 있을 거야. 그럴 수는 없어, 분노가 치솟아 견딜 수 없어. 유모, 질투에 불타는 여자의 마음을 이해해줘. 그래, 아리시를 살려둘 수 없어. 남편의 분노를 다시 불러일으켜야해. 이 질투심으로 남편의 마음을 움직일 거야."

그녀는 자신도 갈피를 잡을 수 없었다.

"아, 내가 지금 뭘 하고 있는 거지? 내가 질투를? 그리고 그 질투심에 대한 복수를 남편에게 부탁해? 남편이 살아 있는 데도 아직도 사랑에 불타고 있다니! 아, 이 한마디 한마디에 머리칼이 곤두선다. 내 죄는 이제 올 데까지 온 거야. 한꺼번에 동시에 두 개의 죄를 범하다니! 불륜의 사랑을 하는 죄와 남편을 기만하는 죄를! 이 더러운 복수의 손을 죄 없는 사

페드르

183

람의 피로 적시려 하다니! 아, 내가 어떻게 나의 선조, 그 신성한 태양신을 아무렇지도 않게 바라볼 수 있단 말인가! 하늘도 땅도 모두 나의 선조들로 가득 차 있으니 어디로 몸을 숨길 수 있단 말인가? 지옥의 어둠 속으로 숨어버릴까?

아, 그것도 안 돼. 아버지인 미노스 신이 그곳에서 나를 기다리고 계셔. 지옥의 심판관인 아버지가 거기 계셔. 아, 내가 그 앞에 나타나면 아버지도 얼마나 공포에 떠실까? 자기 딸이 그 앞에 끌려와 수많은 죄를 고백하는 광경! 아버지는 이전까지 없었던 새로운 형벌을 만드실 거야. 오, 아버지 용서해 주십시오. 잔인한 아프로디테 여신이 우리 일가족을 파멸로 이끌었습니다. 당신 딸의 이 광란은 아프로디테 여신의 복수입니다. 아, 나는 죄를 짓고 그 죄의 열매조차 맛보지 못했어. 숨이 끊어지는 이 순간까지……. 그래 고통 속에서 끝내는 거야. 고되기만 했던 내 생애를!"

그녀가 고통스러워하는 모습을 보고 에논이 말했다.

"아니에요, 왕비님! 그렇게 공포에 시달리실 필요 없어요. 달리 바라보셔야 해요. 왕비님은 용서받을 수 있는 실수를 저지르신 거예요. 왕비님은 사랑을 하고 계신 거잖아요. 인간은 자신의 운명을 이길 수 없어요. 왕비님은 숙명에 이끌려 여기까지 오신 거예요. 지금까지 사랑의 힘에 굴복당한 사람이 어디 왕비님뿐인가요? 그건 인간에게는 자연스러운 거랍니다. 특히 여자로 태어난 이상 그 숙명에 따를 수밖에 없어요. 인간의 죄를 벌하는 올림포스의 신들까지도 불륜에 가슴을 태우는 일이 있어요."

"유모, 제발 이제 입 닥쳐줘! 유모는 두려움도 없어? 내게 또 무슨 충고를 하는 거야! 마지막까지 내 마음에 독을 부어넣으려는 거야? 유모, 유모는 나를 파멸로 이끈 비열한 여자야. 내가 피하던 햇빛으로 나를 다시 데려간 것도 유모였어. 하소연으로 내 의무를 잊어버리게 한 것도 바로 유모였어. 내가 피해 다니던 이폴리트를 다시 만나게 한 것도 바로 유모야.

도대체 무슨 생각으로 그런 짓을 한 거야? 왜 그 더러운 입으로 그 사람에게 죄를 뒤집어씌운 거야? 그 사람의 목숨에 흙탕물을 칠한 거야? 지금 그 사람은 이미 목숨을 잃었을지도 몰라. 흥분한 그 사람 아버지의 기원이 지금쯤 이루어졌는지도 몰라.

유모, 유모 말이라면 이제 더 이상 듣지 않겠어. 나가! 당신은 마귀 같은 여자야! 내 가련한 운명은 내게 맡기고 나가!
오, 정의를 사랑하시는 신들이시여! 저 여자에게 천벌을 내려
주시길! 그 벌이 세상 사람들에게 본보기가 되기를! 비열한
술책을 부려서, 남의 약점을 키우다니. 마음의 갈피를 못 잡게
해서 죄로 향한 길을 가게 하다니. 유모는 천벌을 받아 마땅
해!"

에논은 페드르 앞에서 물러나며 혼잣말을 했다.

"아, 신들이시여! 저분을 위해서라면 못할 일이 없었고 모
든 것을 다 버렸습니다. 그 보답이 이것이라니! 그래, 그 수많
은 죄를 덮어온 나의 죄, 그런 나에게는 이런 대접이 알맞을지
도 몰라."

RUE D'ANJOU S? H^{te} 51.

페드르로 분장한 사라 베르나르트

프랑스 사진작가 나다르의 1874년경 작품. 『페드르』의 여주인공 페드르로 분장한 프랑스 여배우 사라 베르나르트를 촬영했다. 1860년대부터 캐비닛 카드(cabinet card)라는 인물 사진이 유행하기 시작했다. 스튜디오에서 촬영하여 카드 위에 부착한 사진이었다. 싸게 대량으로 만들어져 판매되었는데, 흔히 그 시대의 유명인(주로 작가, 음악가, 배우)을 모델로 삼았으며, 많은 사람들이 이를 수집했다. 1800년대 말의 유명 여배우 사라 베르나르트는 당시 세계에서 가장 많이 사진 모델이 된 인물이었다. 그녀는 유명한 희곡 작품 속 대사를 여러 차례 녹음했는데, 거기에는 발명가 토머스 에디슨의 집에서 낭독한 라신의 『페드르』 대사도 있었다

페드르

5

아버지 앞에서 물러 나온 이폴리트는
아리시를 만나 자초지종을 이야기했다. 아리시는 가슴이 아
팠다. 그녀가 이폴리트에게 말했다.

"무슨 말을 하시는 거예요? 이런 일을 당하고도 끝내 입을
열지 않으실 거예요? 아버님은 당신을 사랑하세요. 그런데 그
냥 오해하시게 놔둔 채 떠나시겠다는 거예요? 너무하세요. 내
가 흘리는 눈물은 아무 힘도 없군요. 두 번 다시 나를 만나지
못해도 좋다면, 그런 괴로움이 아무것도 아니라면 떠나세요.
이 불쌍한 아리시 곁을 떠나세요. 떠나시더라도 몸의 안전은
꼭 지키세요. 수치스러운 비난에서 자유로워지세요. 명예는

꼭 지키세요."

잠시 입을 다물고 있던 그녀가 다시 그에게 말했다.

"아, 왜 당신이 그런 수치를 뒤집어써야 하는 거지요? 지금이라도 늦지 않았어요. 왜 그 여자에게 모든 것을 맡기는 거지요? 테세우스 전하에게 진실을 밝히세요."

"내가 더 이상 무슨 말을 할 수 있겠소? 아버님 규방의 치욕을 내 입으로 세상에 알려요? 사실을 말하고 아버님을 수치스럽게 만들어요? 그분의 얼굴을 욕되게 만들어요? 이 무서운 비밀을 아는 사람은 오로지 당신뿐입니다. 내가 마음을 열 수 있는 곳은 오직 당신과 신들뿐입니다. 스스로에게도 감추고 싶은 것을 당신에게는 감출 수 없었습니다. 그만큼 당신을 사랑하기 때문입니다. 아리시, 가능하다면 내 이야기를 모두 잊어주오. 절대 입 밖에 내지 말아주오. 당신처럼 맑고 깨끗한 입에서는 나올 수 없는 끔찍한 이야기입니다. 신들의 공평한 심판에 두 사람의 일을 맡깁시다. 신들은 이 몸의 결백을 증명해줄 것입니다. 그렇지 않다면 신들의 명예가 훼손될 테니까. 머지않아 페드르 왕비는 법의 심판을 받고 마땅히 받아야 할 벌을 받을 겁니다. 그러니 우리는 그냥 내버려두어도 됩니다.

자, 공주, 용기를 내어 나를 따라갑시다. 나와 함께 도망갑시다. 노예 상태에서 벗어나는 겁니다. 죽음의 그림자로 뒤덮인 땅, 독기로 더럽혀진 공기를 마실 수밖에 없는 땅은 버려야 합니다. 이 혼란을 틈타 떠나야 합니다. 아르고스가 우리에게 팔을 벌리고 있고 스파르타도 우리를 부르고 있습니다. 우리는 힘을 내어 우리의 명예와 권리를 찾아야 합니다. 페드르가 우리를 옥좌에서 내쫓고 그 자리를 두 아들에게 내주도록 둘 수는 없습니다. 왜 망설이나요? 추방당한 남자와 함께 떠난다는 게 두려운가요?"

아리시가 이폴리트의 말에 대답했다.

"아, 그런 추방이라면, 왕자님, 나는 행복하답니다. 당신 운명과 하나로 맺어져서 다른 모든 사람에게 잊힌 채 살 수 있다는 것은 정말 꿈같은 일이에요. 하지만 우리는 기쁜 인연으로 만난 사이가 아니잖아요. 당신과 함께 그냥 이렇게 도망치는 건 명예를 더럽히는 일이 되지 않을까요? 왕자님, 나를 사랑하시지요? 그러니까 이 몸이 지켜야 하는 명예도……."

"물론이지요. 당신의 명예는 내게도 아주 소중합니다. 이렇게 당신을 만나러 온 것도 내게 숭고한 계획이 있어서입니다.

불운 속에서 우리가 이렇게 만날 수 있게 된 것, 그것도 하늘이 정해주신 것입니다. 그 누구의 허락이 더 필요하지 않습니다. 혼례 의식을 반드시 횃불에 둘러싸여 올릴 필요는 없습니다. 트로이젠 성문에서 멀지 않은 곳에 묘지가 있습니다. 선조 왕들이 묻혀 있는 묘지입니다. 그 가운데 신전이 하나 있습니다. 거짓 맹세는 절대로 용서하지 않는 곳입니다. 거짓 맹세를 하면 순식간에 천벌이 내리는 곳입니다. 그 신전에서 영원한 사랑의 맹세를 합시다. 그 신전에 모시고 있는 신들을 증인으로 삼아 혼례식을 올립시다."

아리시는 행복에 얼굴이 빨개졌다. 그때 가까이서 테세우스 왕의 모습이 보였다. 아리시는 이폴리트에게 말했다.

"아, 저기 국왕께서 오고 계시네요. 빨리 떠나세요. 나는 잠시 남아 있겠어요. 지금 함께 가면 둘이 도망간다는 걸 왕에게 들킬지 몰라요. 충실한 부하 한 명만 남겨 주세요. 나중에 당신에게 나를 데려갈 수 있게 해주세요."

아리시의 말이 끝나자 이폴리트는 재빨리 어둠 속으로 사라졌다. 아리시는 하녀 이스멘에게 먼저 가서 떠날 채비를 하라고 지시하고 가만히 서 있었다.

테세우스 왕은 바다의 신 포세이돈에게 제사를 드리며 소원을 빌고 오는 길이었다. 잠시 후 테세우스 왕이 그녀 곁으로 왔다. 그는 이폴리트가 그녀와 함께 있다가 사라지는 것을 이미 본 후였다. 테세우스 왕이 아리시에게 말했다.

"그렇게 얼굴색이 바뀌다니 몹시 당황하고 있군. 공주, 이폴리트와 여기서 뭘 하고 있었나?"

"전하, 저와 영원한 작별 인사를 하고 있었습니다."

"어떤 여자도 접근하는 것을 금한다더니……. 네 눈이 그를 굴복시켰군. 그가 처음으로 사랑의 탄식을 맛볼 수 있게 하다니! 모두 네 덕분이로구나."

"전하, 저는 진실을 속일 수 없습니다. 그분은 저를 전하처럼 증오하지 않았습니다. 그분은 저를 죄인처럼 취급하지 않았습니다."

"말 안 해도 알 만하다. 그놈이 네게 영원한 사랑을 맹세했다는 거겠지. 그러나 믿어서는 안 된다. 절개가 없는 놈의 말이니까. 너 이외의 여자에게도 똑같은 맹세를 했으니……."

"그분이요?"

"네가 그놈 바람기를 막아야 했는데……. 네게 입바른 말을 하면서 다른 여자를 너랑 똑같이 사랑했지. 그런 끔찍스러운 일을 용하게도 견뎠구나."

"전하, 전하야말로 용케 잘 참고 견디십니다. 어떻게 그런 훌륭한 분을 그런 끔찍한 말로 모욕하시지요? 전하, 그이의 마음을 그렇게 모르십니까? 죄 있는 자와 깨끗한 자를 그렇게 구별 못 하십니까? 아, 그이를 이간질하는 자의 감언이설에 속아 넘어가시다니! 전하, 멈춰주세요. 그이를 죽여달라는 기원만은 취소해주세요. 용서를 모르는 무서운 신이 전하의 소원을 들어주실지도 몰라요. 포세이돈 신은 그런 소원을 빈 전하를 증오하고 있는지도 몰라요. 그래서 전하를 영원한 죄에 시달리게 할지도 몰라요. 아들을 죽인 죄……. 하늘의 선물도 우리의 죄에 대한 형벌인 경우가 종종 있습니다."

"그놈이 지은 죄를 아무리 변호해도 소용없다. 너는 지금 사랑에 눈이 멀어 그 배은망덕한 놈을 두둔하고 있다. 그러나 나는 확실한 증인과 증거를 갖고 있다. 나는 증인이 진실의 눈물을 흘리는 것을 똑똑히 보았다."

"전하, 조심하셔야 합니다. 전하는 이미 수많은 괴물을 물

리치고 인류를 구하셨습니다. 하지만 괴물들이 다 없어진 건
아닙니다. 전하의 손을 피해서 살아남은 괴물들도 있습니다.
지금 그중 한 명이……. 아, 아드님이 더 이상 말하면 안 된다
고 명령하셨습니다. 전하께 모든 진실을 말씀드리면 그이에게
깊은 슬픔을 안겨줄 것입니다. 저도 이만 조심하고 전하를 떠
나겠습니다. 왕자님이 전하를 떠난 것처럼."

아리시는 말을 마친 후 테세우스 왕 곁을 떠났다. 그녀가
떠나자 테세우스 왕은 짙은 의혹에 싸였다. 저들은 왜 모두 말
을 끄집어내려다 도중에 그만두는 걸까? 둘이 짜고 나를 현
혹하는 것일까? 아, 왜 이렇게 가슴이 조여 오는 것일까? 왜
마음이 이렇게 아픈 걸까? 안 되겠다. 에논에게 다시 한 번 확
실하게 물어보아야겠다. 이폴리트가 지은 죄의 진상을 낱낱이
고하게 해야겠다.

그는 에논을 대령하라고 위병들에게 명령했다.

테세우스 왕은 그 자리에서 에논을 기다렸다. 그러나 에논
은 오지 않고 페드르의 시녀 파노프가 대신 왔다. 파노프가 왕
을 보자 말했다.

"전하, 에논은 죽었습니다. 깊은 바닷속에 몸을 던졌습니다. 무슨 이유에서인지는 모르지만 밀려오는 파도가 영원히 그 모습을 감추어버리고 말았습니다. 그런데 어쩐 일인지 왕비님도 무척 흥분하신 모습입니다. 이루 말할 수 없는 절망감을 얼굴에 드러내고 계십니다. 감히 말씀드리지만, 핏기가 가신 왕비님의 얼굴에 이미 죽음의 그림자가 서려 있습니다."

"그게 무슨 말이냐? 에논이 죽고 왕비가 절망하고 있다니?"

"왕비님이 에논을 욕하고 내쫓은 건 확실합니다. 하지만 왕비님은 에논이 죽기 전이나 죽은 후나 똑같습니다. 어린 왕자님을 껴안고 눈물을 흘리시다가 갑자기 아드님을 멀리 밀쳐버리십니다. 그러고는 이곳저곳 닥치는 대로 돌아다니십니다. 우리를 보고도 누구인지 알아보시지도 못하십니다. 전하, 제발 왕비님을 만나주십시오. 제발 왕비님을 도와주십시오."

테세우스 왕이 고개를 들어 하늘을 보며 탄식했다.

"오, 하늘이시여! 에논은 죽고 페드로도 죽으려 하고 있습니다. 이게 무슨 일이란 말이냐? 여봐라, 게 아무도 없느냐. 빨리 내 아들 이폴리트를 불러와라. 직접 해명을 들어봐야겠다. 포세이돈 신이시여, 제발 서두르지 말아주십시오. 내 소원을 영원히 들어주지 않으셔도 좋습니다. 내가 너무 성급하게 믿을 수 없는 증인의 말을 믿은 것 같습니다. 너무 빨리 이 잔인한 두 손을 당신에게 내민 것 같습니다. 아, 제발 나의 기원이 이루어지지 않았으면! 나를 영원한 절망에 빠뜨리지 않았으면.”

잠시 후 이폴리트가 나타나는 대신 그의 사부 테라메네스가 나타났다. 테세우스는 황급히 물었다.

“오, 테라메네스, 그대인가? 어찌 되었나? 내 아들은 어디 있는가? 어려서부터 자네에게 맡긴 내 아들 말이다. 그런데 그대는 왜 눈물을 흘리는가? 내 아들이 어떻게 된 건가?”

“전하, 늦었습니다. 그런 걱정은 이제 필요 없게 되었습니다. 자식에 대한 사랑도 필요 없게 되었습니다. 이폴리트 왕자는 이미 이 세상에 안 계십니다.”

“오, 신이시여!”

“제가 두 눈으로 똑똑히 보았습니다. 이 세상에서 가장 마음씨 착하고 사랑스러운 분이……. 아니, 감히 말씀드리겠습니다, 이 세상에서 가장 죄 없는 분이 죽어가는 모습을……."

"그 애가 죽었다고? 오, 이게 도대체 무슨 일인가? 포세이돈 신은 어찌해서 마치 노리고 있었다는 듯 그렇게 성급하게 내 기도를 들어주었단 말인가? 좀 더 기다릴 수는 없었는가? 나를 파멸에 빠뜨리기 위해 그렇게 기회를 노리고 있었단 말인가? 도대체 그 애에게 무슨 일이 일어났단 말이냐. 어서 말해보아라."

"우리가 트로이젠 성문을 겨우 나오자마자 왕자님은 전차에 올랐습니다. 슬픔에 젖은 병사들이 전차를 가운데 두고 줄지어 있었고 왕자님은 아무 말이 없었습니다. 왕자님은 말고삐를 늦춘 채 힘없이 말을 몰았습니다. 그때 몸서리쳐지는 외침 소리가 바다 밑바닥으로부터 울려왔습니다. 그런데 이번에는 마치 그 외침에 응답하듯 대지 밑바닥에서도 무시무시한 비명 소리가 들렸습니다. 우리의 피는 심장까지 얼어붙고 말았습니다. 왕자님이 타고 있던 말도 공포에 떨고 있었습니다.

그런데 그때 바다 한복판에서 산더미 같은 파도가 치솟았습니다. 그 파도가 바다 기슭까지 몰려오더니 우리 앞에 한 마리 괴물을 토해놓았습니다. 이마에는 무시무시한 뿔이 돋아

페드르

197

있었고 온 몸뚱이는 번쩍이는 비늘로 덮여 있었습니다. 큰 구렁이 같은 꼬리는 3중 4중으로 꼬불꼬불 구부러져 꼬여 있었습니다. 괴물이 으르렁거리는 소리는 바닷가를 온통 뒤흔들었습니다. 하늘도 이 야수를 보고는 무서움에 떨었고 대지도 흔들렸으며 대기도 독에 감염되어 숨을 쉬지 못했습니다. 괴물을 실어온 파도조차 공포에 사로잡혀 바다 한복판으로 멀리 물러갔습니다. 모두 도망쳤습니다. 이미 쓸모없어진 용기는 부릴 필요가 없었습니다. 각각 가까운 신전으로 몸을 숨겼습니다.

하지만 단 한 사람, 이폴리트 왕자님만 예외였습니다. 왕자님은 역시 영웅의 아들이었습니다. 왕자님은 전차를 멈춘 다음 창을 손에 들고 괴물을 향해 던졌습니다. 창은 괴물의 옆구리에 큰 상처를 냈습니다. 분노와 아픔에 날뛰던 괴물은 말 앞으로 달려오다가 신음을 내며 푹 쓰러져 버렸습니다. 그러고는 한참 땅 위에서 뒹굴다가 말을 향해 큰 숨을 내뿜었습니다. 그러자 그 숨이 불덩어리로 변하여 말은 순식간에 화염과 검은 연기에 뒤덮이게 되었습니다.

말은 공포에 사로잡혔습니다. 주인이 달래는 소리도, 고삐도 아랑곳없이 두 발을 높이 들고 울부짖을 뿐이었습니다. 그때 우리는 똑똑히 보았습니다. 이 혼란의 와중에 포세이돈 신이 나타나 말의 옆구리를 창끝으로 찔렀습니다. 말은 공포와 아픔으로 바위 사이를 달려나가기 시작했습니다. 전차의 차축은 삐걱거리다가 부서졌습니다. 전차는 산산조각 부서졌습니다.

우리는 또 보았습니다. 왕자님이 고삐에 얽혀 그대로 말에 치여 쓰러지는 모습을! 아, 그 처참한 광경이란! 전하, 저는 똑똑히 보았습니다. 불쌍한 아드님이 손수 정 들여 키운 말에 끌려다니는 모습을! 순식간에 왕자님의 몸은 상처투성이가 되고 말았습니다. 말이 흥분을 가라앉히고 멈춘 곳은 선조 왕들의 차가운 유해가 잠자고 있는 묘지 근처였습니다. 저는 소리치며 달려갔습니다. 병사들도 제 뒤를 따랐습니다. 아드님의 고귀한 핏자국이 우리를 안내했습니다. 바닷가 바위들은 붉게 물들어 있었고 가시덤불에는 아직 피투성이 머리칼이 엉겨 있었습니다. 왕자님 가까이 가서 이름을 부르자 왕자님이 손을 내미시더니 꺼져가는 눈을 한 번 뜨셨다가 곧바로 감으시고 말씀하셨습니다.

'하늘이 내게서 죄짓지 않은 생명을 빼앗아 가는군요. 내가 죽은 뒤 불쌍한 아리시 공주를 부탁하오. 그대, 아버님께서 언젠가 이 오해를 푸시고 누명을 쓰고 죽어간 아들의 불행을 슬퍼할 날이 온다면 말씀드려주시오. 내가 흘린 피, 비통해하는 내 영혼을 달래주시려면 포로로 있는 아리시 공주를 제발 따뜻하게 대해달라고! 그리고 아버님께서 그 공주를 예전대로……'

말씀을 더 잇지 못하고 왕자님은 숨을 거두셨습니다. 저는 다만 갈기갈기 찢어지다시피 한 그 젊은 영웅의 몸을 껴안고 있을 뿐이었습니다. 신들의 분노에 희생되신 가엾은 그분을……"

테세우스 왕이 울부짖었다.

"오, 사랑하는 아들아! 나의 희망을 내 손으로 스스로 없애버리다니! 잔인한 신들이시여! 내려주신 은혜가 너무 지나치셨습니다. 아, 나는 앞으로 얼마나 큰 회한에 가슴 아파하며 살아가야 하는가!"

그때 테라메네스가 왕에게 말했다.

"전하, 뒷이야기를 마저 해드리겠습니다. 그때 바로 아리시 공주가 그곳에 도착했습니다. 전하의 노여움을 피해서 그곳,

선조 왕들이 잠자고 있는 그곳에서 혼례식을 올리기로 약속한 것입니다. 그녀는 참혹한 연인의 모습을 보았습니다. 형체를 알아볼 수도 없고 핏기도 없는 끔찍한 모습이었습니다. 그녀는 얼마 동안 믿을 수 없다는 듯 넋을 놓고 있었습니다. 이것이 이폴리트 왕자님인가, 그토록 사모하는 영웅의 모습인가? 아니다, 그분일 리가 없다, 그분은 늠름하신 모습으로 나타날 것이다, 마치 이런 생각을 하는 것 같았습니다.

하지만 그분은 이폴리트 왕자님이 틀림없었습니다. 그녀는 슬픈 눈을 들어 하늘을 원망하더니 사랑하는 아드님 발밑에 정신을 잃고 쓰러졌습니다.

저는 영웅이 남기신 마지막 말씀을 전하께 전해드리려고 이렇게 찾아온 것입니다.”

그가 긴 이야기를 마쳤을 때 놀라운 일이 벌어졌다. 페드르가 그곳에 나타난 것이다. 그녀를 보자 테세우스가 노여움을 겨우 누르며 그녀에게 말했다.

“어떻소! 당신이 이겼소. 내 아들은 죽었소. 왕비여, 당신의 희생물을 가져가시오. 그 애의 죽음을 기뻐하시오. 부당한 죽음인지 아닌지 난 아직 모르오. 나는 그냥 속고 있는 게 좋겠소. 당신 말대로 그냥 그 애에게 죄가 있다고 쳐버립시다. 그 아이가 죽은 것만으로도 나는 아주 슬프오. 더 이상 치욕스러운 진실을 찾아 무엇 하겠소? 그 애가 살아 돌아올 것도 아니고 비참한 나를 더욱 비참하게 할 뿐이니……. 아, 지금은 당신에게서 멀리 도망가고 싶을 뿐이오! 갈기갈기 찢어진, 피투성이 내 아들에게서 도망가고 싶다! 이 세상으로부터 나를 추방하고 싶다! 지금이라도 온 세상이 들고 일어나 나의 잘못을 비난할 것 같구나. 나의 명성이 나를 더욱 견디기 어렵게 하는구나! 사람들에게 알려지지 않은 존재라면 얼마나 좋겠는가! 얼마나 쉽게 몸을 숨길 수 있겠는가! 신들이 내게 내린 은혜조차 원망스럽구나. 이제부터는 신들의 은혜를 한탄만 할 것이며 더 이상 헛된 간청도 안 드릴 것이다."

그러자 페드르가 테세우스 왕 앞에 엎드리며 말했다.

"안 됩니다, 전하. 제가 더 이상 입을 다물고 있을 수는 없습니다. 아드님의 오명을 씻어주셔야 합니다. 그분에게는 죄가 없습니다."

"아, 저주받은 아버지여! 나는 당신의 말을 믿었기에 그에게 벌을 준 것이었다. 잔인한 여자 같으니라고! 겨우 그것으로 용서받을 수 있다고 생각하는가?"

"전하, 지금은 한시가 아깝습니다. 제 말을 들어주세요, 바로 제가 그 순결하고 공손한 왕자에게 불륜의 음란한 시선을 던졌습니다. 하늘은 이 가슴속에 저주스러운 사랑의 불꽃을 일으켰습니다. 그다음 일들은 모두 그 가증스러운 에논이 꾸민 일이었습니다. 그 여자는 이폴리트 왕자가 내 사랑의 광기를 사람들에게 알릴까 봐 겁을 냈습니다. 그 교활한 여자는 제가 쓰러져 있는 틈을 타서 전하 면전으로 달려가 왕자에게 죄가 있다고 고발했던 것입니다.

자기 잘못을 깨달은 그 여자는 바닷속에서 죽음을 찾았습니다. 너무나도 가벼운 형벌이지요. 나도 그 칼로 일찍이 나의 운명을 잘라버리려 했습니다. 하지만 한 가지 일이 남았습니다. 그렇게 훌륭한 왕자의 의심을 씻어주어야 했습니다. 저는 당신 앞에서 속죄하는 모습을 보여드리고 천천히 죽음의 나라로 내려가기로 마음먹었습니다.

부어 넣어서 마셨습니다. 불과 같이 타고 있던 혈관 속에 저 마녀의 독약을! 이미 독이 심장 끝까지 올라옵니다. 그전에는 한 번도 느끼지 못했던 차가움이 저를 감쌉니다. 벌써 뿌옇게 안개가 끼어 잘 보이지 않습니다. 내가 살아 있다는 것만으로도 더럽혀진 저 하늘, 나로 인해 더럽혀진 당신! 지금이야말로 죽음이 나의 눈에서 빛을 빼앗아가고, 저 하늘의 햇빛과 당신에게 티 하나 없는 깨끗함을 돌려드릴 것입니다."

말을 마친 그녀는 숨을 거두었다.

테세우스가 한숨을 길게 내쉬었다.

"그토록 끔찍스러운 일이 과연 이 여자의 죽음과 함께 잊힐 수 있단 말인가! 아, 슬프구나. 내 잘못이 낱낱이 드러난 지금, 불운한 내 아들의 핏속에 눈물을 쏟는 것 외에 내가 무엇을 할 수 있단 말인가! 사랑스러운 아들의 시체를 이 팔에 안고 내 미친 짓에 대해 속죄하겠다.

아무리 바쳐도 모자라지만 그의 명예를 되돌려주겠다. 죽은 내 아들의 성난 영혼을 달래주기 위해 내 아들이 사랑했던 아리시 공주를 내 친딸로 삼겠다."

『앙드로마크·페드르』를 찾아서

"영국에 셰익스피어가 있다면 우리에게는 라신이 있다."

프랑스인들이 흔히 하는 말이다. 라신은 17세기 대표적인 고전 작가이면서 프랑스가 자랑하는 세계적인 작가다. 프랑스 고전주의 대표 작가로는 누구나 코르네유, 라신, 몰리에르 세 명을 꼽는다. 앞의 두 명은 비극으로 유명하고 몰리에르는 대표적인 희극 작가다. 셋은 모두 고전주의 작가지만 개성도 다르고 작품 세계도 다르다. 셋 다 아주 뛰어난 작가다. 그러나 그중 딱 한 명을 꼽으라면 프랑스 사람들은 주저 없이 라신을 꼽는다. 그리고 나도 그들과 별로 생각이 다르지 않다. 그는 정말로 뛰어난 작가다.

사랑이라는 단어를 가만히 입으로 되뇌어보자. 무언가 달콤함이 느껴진다. 행복해지기도 한다. 생각만 해도 우리를 행복하게 하니 사랑의 위력은 대단하다. 사랑 한번 못 해본 사람은 불행한 사람이다.

그런데 사랑이 우리를 불행하게 만드는 경우도 있다. 간단히 말해 '이루어질 수 없는 사랑'을 하는 경우다. 사랑의 힘이 크면 클수록 불행도 커진다. 가장 쉬운 해결책은 사랑보다 더 큰 힘 앞에서 사랑을 포기하는 것이다. 코르네유의 작품 세계가 보여준 것이 바로 그것이다. 사랑의 정념은 의무, 명예 이런 것들에 자리를 양보해야 한다.

그런데 라신 작품의 주인공들은 사랑을 버리지 못한다. 사랑 때문에 명예도 잃고 심지어 죽음에 이르게 되면서까지 사랑의 정념에 이끌린다. 그 어떤 의지로도 이길 수 없다. 그런 고통에 빠질 수밖에 없는 운명을 타고난 것을 원망하고 한탄하기까지 한다. 이루어질 수 없는 사랑을 하게 된 것은 숙명이 아니다. 그 사랑에 의해 파멸의 길을 가게 될 줄 알면서도 사랑을 멈출 수 없다는 것, 그것이 바로 타고난 숙명이다. 그런 숙명을 타고났으니 거기서 벗어날 길이 없다. 비극도 이만저만 비극이 아니다. 그런데 고전주의 시대 프랑스인들은 왜 그렇게 라신에게 열광한 것일까? 왜 그의 작품이 고전이 되어 지금도 사람들에게 감동을 주고, 영화로 만들어지는 것일까?

그의 작품 세계로 잠깐 들어가보자. 여러분이 읽은 『앙드로마크』와 『페드르』는 라신의 대표적인 비극 작품들이다. 그중 앙드로마크라는 이름은 어디서 본 것 같다는 생각이 들지도 모른다.

이 시리즈의 1권 『일리아스』 끝부분을 펼쳐보자. 이런 대목이 나올 것이다. "프리아모스의 아름다운 딸인 카산드라는 아가멤논의 첩이 되었고, 헥토르의 아내 안드로마케는 아킬레우스의 아들 네오프톨레모스의 첩이 되었으며, 프리아모스의 부인 헤카베 여왕은 오디세우스의 종이 되었는데 정작 그녀는 어찌 되었을까?" 앙드로마크는 바로 이 대목에 나오는 헥토르의 아내 안드로마케의 프랑스어식 표기다. 라신은 그중 네오프톨레모스, 다른 이름으로 피로스라고 불리는 인물의 첩이 된 안드로마케(앙드로마크) 이야기를 상상력을 발휘하여 극으로 만든다. 이것이 라신의 희곡 『앙드로마크』다.

작품에는 주요 인물 네 명이 등장한다. 헥토르의 미망인인 앙드로마크, 아킬레우스의 아들이며 에페이로스의 왕인 피로스, 트로이 원정대 총사령관 아가멤논의 아들인 오레스테스, 트로이 전쟁의 불씨가 되었던 헬레나의 딸인 헤르미오네가 그들이다. 그들이 처한 신분 상황도 복잡하지만 사랑 관계 또한 아주 복잡하다. 정신 똑바로 차리고 살펴봐야 그림이 그려진다.

우선 앙드로마크. 그녀는 피로스의 포로다. 오레스테스는 그리스를 대표하는 장군이며 한 나라의 왕이다. 피로스는 에페이로스의 왕이면서 헤르미오네 공주와 약혼한 사이다. 그냥 주어진 상황대로 지낸다면 아무 문제 없다. 앙드로마크만이 가엾은 처지에 놓여 있을 뿐이다.

그런데 사랑이라는 괴물이 끼어든다. 피로스는 앙드로마크를 사랑하게 되고, 오레스테스는 헤르미오네를 사랑하며, 헤르미오네는 피로스를 사랑한다. 앙드로마크도 사랑하는 이가 있다. 바로 죽은 헥토르다. 그녀는 헥토르를 향한 사랑을 아들에게 쏟는다. 그녀는 헥토르를 향한 사랑 때문에 그 누구의 사랑도 받아들이지 않는다. 얽혀도 아주 복잡하게 얽혀 있다.

사실 해결책은 간단하다. 모두 제정신만 차리면 그만이다.

피로스가 헤르미오네와 결혼하고, 오레스테스는 사랑을 포기하고 자신의 임무만 완수하면 그만이다. 앙드로마크도 피로스의 첩이 되어 헥토르를 잊으면 된다. 하지만 아무도 그러지 못한다. 네 명 중 누구도 자신의 사랑을 포기하지 않는다. 모두 그 정념에서 벗어나지 못한다. 그래서 결국 모두 비극적인 결말을 맞는다. 절대적인 힘을 발휘하는 것은 오로지 사랑의 불꽃뿐이다.

그럼 『페드르』는 어떤가? 페드르는 그리스신화에 나오는 파이드라의 프랑스어식 표기다. 그녀는 크레타 왕 미노스의 딸로서 아테네 영웅 테세우스의 두 번째 아내가 된다. 테세우스라는 이름도 어딘지 익숙할 것이다. 바로 셰익스피어 작품 『한여름 밤의 꿈』에서 나왔던 인물이다. 그 작품에서 그는 아마존의 여왕 히폴리테와 결혼식을 올린다. 그런데 이 작품에서는 안티오페와 결혼한 것으로 나온다. 안티오페는 히폴리테의 여동생이다. 테세우스가 결혼한 사람이 히폴리테인지 안티오페인지는 자료에 따라 다르다. 아무튼 테세우스와 안티오페 또는 히폴리테 사이에서 태어난 아들이 이폴리트(히폴리토스의 프랑스어식 표기)다.

그런데 테세우스 왕의 두 번째 부인인 페드르가 그만 이폴리트를 사랑하게 된다. 계모가 의붓아들을 사랑하니 이루어질 수 없는 사랑 정도가 아니라 이만저만 불륜이 아니다. 그녀는 그 사랑 때문에 괴로워한다. 그것을 억제하려 온갖 노력을 다 한다. 그러나 소용없다. 그녀는 갖은 고통에 시달리다가 결국 자신뿐 아니라 자신이 진정으로 사랑하던 남자마저 파멸로 이끄는 숙명의 여자다. 스스로 자기 목숨을 끊으며 남편에게 모든 것을 고백하는 불행한 여자다. 선조로부터 이어받은 핏줄과 사랑의 신 아프로디테의 저주를 숙명이라 한탄하며 죽어가는 여자다. 모든 비극을 불러온 것도 그녀며 그녀 자신 또한 비극적인 최후를 맞는다. 바로 사랑 때문이다.

라신의 작품에서 사랑은 절대적 힘을 발휘한다. 기사도 소설에서 그토록 아름답게 그려졌던 사랑이 사람의 삶 전체를 지배하는 강렬한 정념이 된다. 그것은 운명이다. 거기서 벗어날 길은 없다. 인간의 의지로 극복할 수 없다. 그럼 어찌해야 할까? 답은 없다. 라신도 그 답을 제시하고 있지 않다. 다만 그런 비극적인 삶을 우리에게 보여줄 뿐이다. 그런데 많은 사람들이 그의 작품에 열광한다. 그가 보여주는 그런 운명적 사랑에서 자신의 모습을 확인할 수 있어서일까? 그럴 수도 있다.

하지만 그것만이 전부는 아닐 것이다. 우리는 라신 작품 주인공들처럼 살지 못한다. 위험한 사랑은 피하며 산다. 그러나 그런 사랑을 해보고 싶은 욕망은 누구에게나 있다. 파멸이 오더라도 금지된 사랑, 그러나 진정한 사랑을 끝까지 해보고 싶은 욕망이 누구에게나 있다. 라신 작품 주인공들은 그 욕망을 끝까지 밀고 나간다. 그들은 우리의 욕망을 대리 충족해준다. 그리고 우리 대신 파멸에 이른다. 그 욕망 때문에 죄를 짓고 스스로 목숨을 끊은 페드르가 추해 보이지 않고 감동을 주는 것은 그 때문이다. 여러분이 페드르에게 진저리를 치지 않고 감동받는다면 그 사랑이 여러분 안에서 힘을 발휘하고 있다는 증거다.

조금 멀리 갔다. 거기까지 가지 않더라도 라신의 작품은 아주 매력적이다. 한마디로 라신은 사람 마음 읽는 데 귀신이다. 사랑에 사로잡힌 사람의 질투, 갈등 같은 감정만 섬세하게 보여주는 것이 아니다. 사람이 얼마나 모든 일을 자기중심적으로 생각하고 판단하는지 아주 세세하게 보여준다. 그의 작품을 읽는 독자, 그의 연극을 보는 관중들은 '아, 그래 그렇게 생각할 수 있겠어'라며 감탄한다. '과연 그렇구나'라며 자신을 돌아본다. '나라도 그랬겠어'라고 공감한다.

교과서 같은 이야기 하나 하자. 세상 사는 데 제일 중요한 것 중 하나가 사람 마음을 읽는 것이다. 그와 함께 자기 마음도 읽는 것이다. 그 능력은 저절로 길러지지 않는다. 훈련해야 한다. 사람 마음 읽는 훈련하는 데는 라신 작품이 최고다. 그의 작품을 읽으면서 재미를 느끼고, 한 번 더 읽어보면서 작품 속에 빠져들었다면 그 훈련을 제대로 하는 셈이다.

라신은 1639년에 프랑스 상파뉴 주 라페르테 밀롱에서 출생했다. 20세가 되었을 때 파리에 진출해서 초기에는 시를 썼으나, 1664년 최초의 극작품 『라 테바이아드』를 발표하고 극작가로 데뷔한다. 이후 많은 걸작을 발표하여 코르네유와 몰리에르를 제치고 가장 인기 있는 작가가 된다. 그중 1677년에 무대에 올린 『앙드로마크』와 『페드르』가 대표작이다. 그는 『페드르』를 끝으로 사실상 은퇴한다. 이후 그는 두 편의 종교

극을 쓴 뒤 1699년 파리에서 사망한다.

『앙드로마크』는 1667년 11월 17일 초연된 후, 지금까지 수없이 무대에 올랐으며 프랑스에서 가장 많이 읽히고 연구되는 작품 중 하나다. 한편『페드르』는 현재까지 전 세계에서 가장 사랑받는 연극 중 하나로 세계 도처에서 무대에 오르고 있으며 고전 비극의 완성작이라는 평을 받는다. 또한 작품 속 주인공 페드르는 죄를 지은 여자가 아니라 죄 많은 신을 위해 스스로 희생물이 된 여자, 그럼으로써 속죄한 성스러운 여자로 그려지기도 한다. 프랑스의 연극 연출자라면『페드르』에 모두 한 번씩 도전해보는 것이 관례가 되어 있으며 비극 여배우라면 페드르 역을 반드시 거칠 만큼 라신의 대표작일 뿐 아니라 프랑스 문학 전체의 대표작이다.

또한『페드르』를 소재로 많은 영화가 만들어지기도 했는데, 그중 1962년 줄스 다신 감독이 연출하고 멜리나 메르쿠리와 앤서니 퍼킨스가 주연한 〈페드라〉(국내 개봉 제목은 〈죽어도 좋아〉)가 유명하다. 라신의『페드르』를 읽은 후 영화로도 한번 감상해보자.

『앙드로마크·페드르』 바칼로레아

1 라신의 작품들은 코르네유의 작품들과 달리 정념에 이끌려 결국 파멸에 이르는 주인공들의 모습을 그리는 비극들이다. 여러분은, 사랑의 힘은 인간의 의지로 도저히 꺾을 수 없음을 보여주는 라신의 작품에 더 공감하는가, 의지의 힘으로 모든 것을 극복하는 영웅을 보여주는 코르네유의 작품에 더 공감하는가?

2 라신 작품의 주인공들은 거의 모두 정념을 극복하지 못하고 파국에 이른다. 그런데 당시 관객들은 그의 작품을 보고 열광했다. 왜 사람들이 그의 작품에 열광한 것일까? 비

극이 주는 효과는 무엇일까? 그리스 철학자 아리스토텔레스는 비극이 사람들에게 주는 효과를 '카타르시스'라는 말로 압축했다. 그렇다면 비극은 왜 사람들에게 카타르시스를 주는 걸까?

앙드로마크·페드르

생각하는 힘: 진형준 교수의 세계문학컬렉션 13

펴낸날	초판 1쇄 2017년 9월 1일
	초판 2쇄 2018년 4월 26일

지은이	장 라신
옮긴이	진형준
펴낸이	심만수
펴낸곳	(주)살림출판사
출판등록	1989년 11월 1일 제9-210호

주소	경기도 파주시 광인사길 30
전화	031-955-1350 팩스 031-624-1356
홈페이지	http://www.sallimbooks.com
이메일	book@sallimbooks.com

ISBN	978-89-522-3757-6 04800
	978-89-522-3718-7 04800 (세트)

이 도서의 국립중앙도서관 출판시도서목록(CIP)은 서지정보유통지원시스템 홈페이지
(http://seoji.nl.go.kr)와 국가자료공동목록시스템(http://www.nl.go.kr/kolisnet)에서
이용하실 수 있습니다.(CIP제어번호: CIP2017019468)